Double je

Sylvie Granotier

Double je

ROMAN

Albin Michel

COLLECTION « SPÉCIAL SUSPENSE »

22, rue Huyghens, 75014 Paris

www.albin-michel.fr

ISBN 2-226-13266-X
ISSN 0290-3326

À Nanée Chevrier.

1

La tête d'Élisabeth sombra lentement, les yeux révulsés de panique, la bouche tordue ; hideux, son visage disparut. Son corps s'agita et je vacillai dans les bottes de Guillaume, cinq tailles trop grandes.

Sa face de Gorgone remonta et je l'aplatis sous ma semelle, poussai sur mon talon jusqu'à ce que sa nuque cogne le fond. Sa main glissa sur ma botte gauche. Elle lutta à coups de pied, violents d'abord puis simplement désordonnés, faibles enfin, de plus en plus faibles.

Incapable de détendre mes muscles bandés, ma respiration bloquée, j'attendis. Alors même que je n'entendais plus que le crépitement de la pluie sur le lac, alors même que l'eau s'était refermée, paisible, autour de mes genoux, j'attendis, ma terreur dominant ma raison. Au moindre relâchement, elle jaillirait hors de l'eau et je n'aurais pas la force de résister à sa fureur, car il n'y aurait pas de pardon possible.

Une crampe durcit mon mollet. Je déplaçai ma jambe. Élisabeth remonta à la surface, je poussai un cri. Elle flottait, disparaissait, reparaissait, charogne gorgée d'eau, et s'éloigna enfin, apparemment résignée.

Je n'y croyais pas encore, je ne pouvais pas encore y croire. Je dessinai un cercle immense autour de la zone où, morte vivante, elle guettait mon passage pour me happer. Gémissant, dégoulinant, je pataugeai vers le rivage et m'y laissai tomber de tout mon long. Le vent glacial me fouettait. Je grelottais et quand je croisai les bras contre ma poitrine pour me réchauffer, le contact du ciré rigide et glacial me repoussa. Je me dressai alors, réussis à me remettre d'aplomb.

Je montai vers le chemin où Élisabeth avait garé son 4×4. Le soulagement de voir se dessiner la silhouette familière ne dura pas. L'environnement d'un meurtrier se charge de menace. Instantanément. Je le compris comme on prend un coup inattendu sur la tête. Ma route serait désormais jalonnée de mines invisibles.

Rentrer avec le 4×4, par exemple, signerait ma culpabilité. Rien ne devait trahir ma présence au bord du lac.

J'étais loin de tout, je n'avais aucun moyen de locomotion. Voilà ce qu'on gagne à agir sans préméditation. Je regardai derrière moi. Je nous revis descendant vers le lac, Élisabeth devant, moi derrière. Le sol détrempé gardait la trace d'empreintes profondes. Je ne pouvais compter que sur la pluie qui ne désarmait pas.

Je m'enfonçai dans la sapinière, tête baissée, bras en avant pour écarter les branches qui gênaient ma progression.

J'atteignis enfin la route. À cette heure, la campagne est déserte, mais je restai à l'affût du moindre craquement, du moindre bruit de moteur, repérant tout au long de la route les buissons, les fourrés, les troncs assez épais pour me dissimuler en cas de nécessité.

Évitant les réverbères, je traversai Saint-Marc-à-Loubaud. Une lumière brillait dans une maison proche de l'église, mais tous les volets du hameau étaient clos. Je n'osai pas m'éloigner de la route. Connaissant mal la région, je craignais de tomber sur une ferme et d'alerter un chien.

J'arrivai au château vers trois heures et demie du matin. Rien n'avait bougé, les grilles grandes ouvertes, le rez-de-chaussée brillamment éclairé, le temps arrêté.

Malgré mon épuisement, je pris soin de rincer au robinet extérieur les bottes et le ciré que je mis à sécher près de la cuisinière à charbon encore chaude. Je clignai des yeux devant la juxtaposition de rose et d'ocre que nous avions osée il y avait trois mois de cela. Notre dernière trêve.

Je ne tirai pas le verrou de la porte d'entrée. Je ne savais pas à quelle heure la femme de ménage arrivait le matin, ni même si elle venait le dimanche, mais l'insouciance avait déserté ma vie pour toujours. Je laissai les lampes rougeoyer dans le salon. Tout devait laisser croire qu'Élisabeth était partie seule, sur un coup de tête, en plein milieu de la nuit.

Je montai me coucher en titubant.

J'arrachai mes vêtements trempés, tombai sur le lit et m'endormis aussitôt.

Je m'appelle Sophie de Gurson. C'était le dimanche 24 octobre. Je croyais mon scénario au point. Comment aurais-je pu deviner que ni le passé ni l'avenir ne lui obéiraient ?

2

QUE c'est beau ces arbres débités, passé accompli, promesse d'avenir, bûches empilées devant, moignons hérissés derrière. Le paysage respire. Il étouffait de trop de sapins poussés trop vite, de trop d'ombre.

Il a plu tout le long de la route depuis Paris. Depuis Guéret, il fait soleil. Un temps à champignons.

Allez, Élisabeth, une galipette et le monde change. Ça ne dépend que de toi.

J'hésite. Je prends à travers champs. Envie de marcher. Pas de parler.

Demain, dimanche 24 octobre, la vie change. J'emmène Sophie aux champignons et je lui parle, il y aura des girolles, c'est sûr. Je lui tire les vers du nez. Et je lui parle. Pour dire quoi ?

La vérité sur Guillaume, sur notre amitié ? Histoire de détruire les fondations sur lesquelles elle a bâti ses rêves ? Les miens sont en poussière. Est-ce une raison pour démolir les siens ?

Ce soir, je voudrais juste qu'on rigole de bêtises, qu'on pouffe comme deux gamines qui savent qu'il n'y a que le rire pour transformer une déroute en triomphe, qu'on se rappelle les bons souvenirs, rien que les bons. C'est précieux la mémoire partagée.

Et si je laissais tomber ? D'un coup, je libère Guillaume, je me libère de lui, je le libère de moi et je me réfugie... ici, peut-être. Dans mon beau château de Creuse. Pour toujours.

Chaque jour, je descendrai à la ferme. Nous parlerons du temps, du bélier qui a détruit la clôture, de la brebis qui a mis bas trois agneaux et des gros encore... Je ferai des confitures, je lirai tous les livres. Je suis riche, je suis en bonne santé, ce qui vaut mieux que d'être vieille et amère. Ce que je deviendrai si je continue comme ça.

J'ai dû rêver. Élisabeth et Sophie, les intimes, les inséparables, les complémentaires...

Retour de promenade. Ça sent le brûlé dans tout le rez-de-chaussée. Pendant qu'Élisabeth la frivole batifolait dans les prés, sans se donner la peine de prévenir sa copine Sophie, celle-ci, femme de devoir, à peine rentrée des courses, se collait aux fourneaux. Nous basculons dans l'absurde et je ne sais pas qui entraîne l'autre.

Dîner entièrement cramé. J'imagine le menu ornementé posé devant chaque assiette : « Dîner entièrement cramé. » Ce genre de catastrophe a su nous faire rire autrefois, c'était peut-être même le fond de notre amitié, ce talent commun pour traquer le burlesque jusque dans la tragédie petite ou grande.

« Cuisiné au charbon de bois ne veut pas dire charbon de bois cuisiné, ma choute ! » J'ai déjà été plus drôle mais Sophie se concocte une physionomie de duègne outragée et assure qu'il suffit de gratter les boulettes qu'elle a passé l'après-midi à mariner, rouler, et au bout du compte cramer, pour goûter, au centre de la sphère, l'authentique et escompté fumet, sauf que l'odeur de roussi envahit tout, que je trouve ça immangeable. Donc, je ne mange pas. Trahison. Et Sophie, statue du Commandeur s'élevant contre le gaspillage, c'est-à-dire contre moi, avale méticuleusement, bouchée après bouchée, tout ce qu'il y a dans son assiette, pendant que je m'empiffre de glace à la crème fraîche. Provocation.

Je n'ai jamais compris comment le malheur additionné au malheur pouvait avoir un autre effet que d'ajouter au malheur. Moi, je me console du ratage en me donnant du plaisir et c'est ainsi que je propose, après avoir bruyamment léché mon assiette, de laisser la cuisine en l'état et d'aller déguster un peu de mon vieux marc, peinardes, devant la cheminée.

Résultat du derby, Sophie s'affaire à mettre de l'ordre dans la cuisine parce que cela ne la dérange pas, dit-elle, cédant, une fois de plus, à son penchant pour l'autopunition qu'elle espère punitive pour moi aussi, par cet effet surévalué de la capillarité affective. Il y a longtemps que je ne me laisse plus culpabiliser par le masochisme des autres.

Je bois seule, vautrée sur mon canapé, je m'assoupis un peu.

Le rembourrage du fauteuil club soupire sous le poids de Sophie qui soupire en écho pour doubler le message. Elle me rappelle à son devoir accompli dont je me contrefiche mais, bonne fille, je la sers, et vaincue, elle sirote. Silence. À mon tour de soupirer. Peut-être ai-je un peu trop bu.

— Ne compte pas sur Guillaume, Sophie.

— Pourquoi tu dis ça ?

— Même si nous divorçons, il ne t'épousera pas.

Sa tête passe de l'ébahissement à la confusion, au contrôle, à un air de dépit, se fige enfin dans un reproche digne et douloureux qui me fait lui cracher de rire à la figure ; ses traits volent en éclats, elle rougit, elle me fixe pour me prouver que son changement de couleur ne signifie rien, n'empêche qu'elle sait que je sais, ça y est. Déglutit. Ça passe mal.

— Personnellement, cela m'est égal. Je dis ça pour toi. Guillaume baise utile. Toujours. Il n'a de plaisir que dans ce qui lui rapporte.

— C'est monstrueux de dire ça.

Oh, là, là, combien de fois m'a-t-on traitée de monstre simplement parce que je disais la vérité ? Il faut plutôt se méfier des gentils qu'on dit normaux, alors qu'ils se contentent de mentir pour faire plaisir.

Sophie réfléchit. J'adore. Les pensées glissent sur son visage, le relief de ses traits varie rapidement au gré de sa réflexion, exactement comme chez les petits enfants. Elle hésite encore, ça y est, elle saute le gué.

— Pour le plaisir du raisonnement, admettons que j'aie une histoire avec lui. En quoi, vraiment, sérieusement, pourrais-je lui être utile ?

— Tu le sauras quand il te laissera brutalement tomber. Cela signifiera que tu as rempli ta fonction.

Son nez se plisse. Elle est trop mignonne.

— Et toi, tu lui as déjà été utile peut-être ?

— À un point !

— Oh, arrête. Il était raide amoureux de toi.

— Tu es une incorrigible midinette. Tu sais que c'est lui qui m'a poussée dans le lit de Delrieux !

Je me mords la langue. Pourquoi toujours gratter cette plaie-là ?

— Quoi ? Mais pourquoi ?

— Je te le dirai quand tu seras grande. Il s'est joué la comédie de l'amour, disons. Mais il a un instinct infaillible pour tout ce qui pourrait, risque de, va servir son ambition. Ce qui est la moindre des choses pour un homme politique. Je ne vaux pas mieux que lui au fait. Mon ambition à moi était de l'épouser et contrairement à ce que tu penses, ça a été un vrai parcours du combattant. Trop cher payé, si tu veux savoir.

Oh, le flou de ses yeux qu'elle essaie de rendre durs et matures. Posture.

— Tu n'accepteras jamais de le perdre...

— Ça dépend dans quel sens tu l'entends... le perdre. Je suis très tentée de le perdre, figure-toi. J'ai trop bu. Pardon. Quelle conversation assommante. Moi qui voulais rire avec toi et me et te et nous amuser. On s'ennuie, non ? Si on allait au lac ?

— Je te signale qu'il s'est remis à pleuvoir !

— Et alors ? On ne va pas laisser le temps dicter notre vie. On se l'invente, sa vie. Allez. On va respirer, s'emplir les poumons du merveilleux air de cette merveilleuse région. Allez, viens, ce sera drôle !

— Je n'ai pas de bottes !

— Prends celles de Guillaume. Tu veux des chaussettes ? Il y a un ciré suspendu dans l'entrée. Et finis ton verre pendant que je liquide la bouteille... Et... Sophie ?

— Oui.

— N'oublie pas que rien n'a d'importance.

Comme d'habitude je la devance. J'ai pris la mesure de sa haine alors qu'elle croit encore m'aimer. Plus de projet d'avenir. Elle sera ma solution pour peu que je lui fournisse le cadre adéquat.

Je ne voudrais pas qu'elle se sente trop coupable, après.

3

Je me croyais encore à Paris, je ne reconnaissais pas le décor, les événements de la nuit s'étaient fondus dans le sommeil. D'abord. Je fus donc d'un naturel parfait quand Guillaume me réveilla d'un coup de fil tonitruant, aux alentours de huit heures.

— Ah, c'est toi, dit-il à peine aimable. Élisabeth est là ?

— Je ne l'ai pas encore vue, mais je vais l'appeler.

— Attends. Comment va-t-elle ?

Alors, je me souvins. Nous étions le dimanche 24 octobre. Cette nuit, j'avais tué Élisabeth. D'une certaine façon, j'aurais pu dire avec véracité qu'elle allait au mieux de nos affaires. Mais je ne pouvais pas. Pas encore.

— Exaspérante.

Je m'étranglai sur le mot mais Guillaume allait bravement son chemin. À lui ! Comme d'habitude.

— Tu m'étonnes ! Elle m'a laissé un mot hallucinant. Je crois qu'elle devient folle. Et elle me rend fou.

Je ne soulignai pas qu'elle lui avait toujours fait cet effet-là.

— Vous avez pu parler ?

— Elle joue les mystérieuses. Elle s'ennuie, dit-elle. Tu l'ennuies, je l'ennuie. À un moment, elle m'a demandé : « Si tu avais une bombe, tu ne serais pas tentée de la faire exploser juste pour voir ? » Je lui ai demandé quelle bombe. Je suis, paraît-il, la dernière personne à qui elle le dirait... « Ton attachement à Guillaume t'aveugle », a-t-elle ajouté. « Mais c'est parce que tu ne le connais pas comme moi. »

— Je veux lui parler.

— On se voit quand ?

— Ce n'est vraiment pas le moment.

Il y mettait davantage les formes habituellement.

Je posai le téléphone doucement sur ma table de nuit, partis cogner à la porte d'Élisabeth, la poussai : c'était son bordel habituel. Un bordel de vivante. Mon cœur me secoua un grand coup.

Je fis le tour du bâtiment en appelant très fort, trop fort. J'en faisais trop. Il s'agissait d'être crédible. Pour qui ? Allez savoir. Je repris le téléphone, essoufflée :

— C'est bizarre, je ne la trouve pas et tout est resté allumé en bas. Je vais voir ce qui se passe et je te rappelle.

Je visitai la partie aménagée du château, pièce par pièce. Je me sentais observée. Par moi-même déjà, et puis... je me suis toujours méfiée des mauvaises blagues d'Élisabeth. La nuit me semblait plus bizarre que réelle. Rétrospectivement. Je n'aurais pas été surprise de voir Élisabeth surgir, échevelée, le mascara en coulées noires sur ses joues roses, les yeux cernés, brillants, et m'annoncer triomphalement :

« Tu ne devineras jamais ce qui m'est arrivé cette nuit ! »

Il valait mieux pour tout le monde qu'elle ne revienne pas.

Je m'assis à la table de la cuisine, me pris la tête entre les mains, fermai les yeux et réfléchis. Connaissant Élisabeth, je ne m'affolerais nullement de ne pas la voir au matin. Colère, agacement oui, mais pas de panique. D'autant que... J'allais vérifier par acquis de conscience et... oui, sa voiture n'était pas là. Elle était tout à fait capable d'être partie en vadrouille. Ou même d'être retournée à Paris sans me prévenir. Pas de quoi alerter les gendarmes.

Sur ce ton-là, je relayai mes pseudo-découvertes à Guillaume. Je resterais jusqu'au lendemain, bouclerais éventuellement la maison avant de rentrer par le train. Le taxi local m'amènerait à la gare. On promit de se tenir au courant et, juste avant de raccrocher, Guillaume me demanda comment s'était passée la soirée.

— On a bavardé, si on peut appeler ça comme ça. Elle m'a balancé des vannes et j'ai fait semblant de rire. J'avais sommeil. Je l'ai laissée rêvasser à des lendemains qui chantent aux alentours de minuit.

— Et tu n'as pas entendu le téléphone ?

Je marquai un temps d'arrêt.

— Eh bien, non. Pourquoi ? Tu as appelé ?

— Oui, en rentrant, quand j'ai trouvé son mot.

— Je dors toujours comme un loir dans cette maison. Il était quelle heure ?

— Minuit passé. Elle était déjà partie alors ? Elle est vraiment cinglée.

Il raccrocha très énervé. Il ne me dit pas ce qu'Élisabeth lui avait écrit. Il ne profita pas de cette rare intimité pour échanger quelques propos plus personnels. Je ne l'avais jamais senti aussi lointain.

Guillaume a bien du souci, pensai-je en essayant de raccrocher à mon tour. C'était un appareil ancien et je tremblais tellement que je m'y repris à plusieurs fois pour reposer le combiné sur son support.

C'était bien de moi de m'inquiéter pour Guillaume. J'avais commis un meurtre, non ?

Ni remords, ni chagrin. Terreur pure. Une terreur qui ne me quitterait plus, c'était sûr. J'avais peur de moi et pour moi. Élisabeth morte, personne à qui me confier. Solitude absolue.

Une fièvre glacée, un brouillard opaque. Je me vis errer pour l'éternité comme un aveugle que talonne son double maléfique.

4

Chavaux est mort il y a une semaine, sans m'avoir, une fois, autorisée à lui rendre visite à l'hôpital. « Ma petite Élisabeth, je ne serai bientôt plus qu'un souvenir, qu'il soit le moins moche possible. »

L'automne est triste et solitaire.

Mourir du sida est une drôle de punition quand on a fondé sa réussite sur le commerce des médicaments. Au cimetière, je guette du coin de l'œil le visage émacié de son compagnon. La maladie ? Le deuil ? Alain n'a pas trente ans et on dirait un vieil enfant mal nourri.

Comment peut-on se dévouer à une personne qui a perdu son identité ? Quand je me vois incapable de continuer d'aimer une personne qui n'a pas changé, Guillaume pour ne pas le nommer... Je ne suis ni une référence, ni un exemple, certes. Juste une aberration comme notre culture occidentale en plein déclin en fabrique à la chaîne.

Nous sommes dix à l'enterrement, dont deux travestis incongrus, ce qui me fait sourire à l'intention d'Antoine enfermé dans son cercueil, lui qui aimait la transgression. C'était bien notre unique point commun.

Où sont tous ses amis passés qui se pressaient à ses dîners, du temps de sa puissance ? Le souffle de l'aile de la Justice les a donc emportés ?

Même la presse, après lui avoir collé aux basques au pire de la tourmente, avait fini par changer de terrain de jeux. Son téléphone mobile ne sonnait guère, ces derniers mois, que pour lui rappeler de prendre son traitement.

Vrais ou faux, ses amis aujourd'hui ne lui servent plus à rien, à moins que l'amour de ceux qu'on laisse derrière soi n'aide à nous propulser vers un paradis imaginaire. Mieux vaut un paradis imaginaire que pas de paradis du tout. Mieux vaut de faux amis que pas d'amis du tout ? C'est ce qu'il pensait n'ayant connu que la trahison. Surtout la sienne, dois-je ajouter pour être honnête. Traître parmi les traîtres, il se devait d'être plus performant que ses rivaux.

Il n'avait pas cinquante ans, mais il me semblait vieux comme le cynisme.

Qui assistera à mon enterrement ?

J'aime bien les cimetières, leur douceur, leur ombre, leur longévité, leur indifférence et l'illustration qu'ils proposent de ce qui fonde l'homme : sa vanité et son humilité.

Je ne suis, décidément, plus tout à fait vivante. Ni tout à fait morte. Une batterie qui clignote plutôt. La vie petit à petit m'a fuie. Je n'ai plus aucun ressort et personne ne s'en rend compte. On regarde les gens selon l'idée que l'on se fait d'eux et l'écran de nos connaissances finit par les dissimuler entièrement. Personne ne me voit plus. Même pas Sophie.

Surtout pas Sophie. Pauvre Sophie. Elle croit s'éclater enfin dans les bras de Guillaume qui est un tueur qu'elle prend pour un ange. Sophie. Une vie trop protégée. Depuis qu'elle se fait tringler par mon mari, elle me regarde comme un monstre. Seuls les monstres survivent au pire et ils meurent jeunes. Est-ce que je mourrai jeune ? Trente-neuf ans, est-ce que c'est jeune ?

Oui, quand je me regarde dans la glace, non, quand je me regarde dans l'âme. Ma vieille âme.

Je téléphone à Sophie. Au ton de sa voix, je sais qu'elle n'est pas seule mais avec Guillaume, comme je l'espérais sournoisement. Elle dit mon nom bien fort, qu'il sache, qu'il ne gaffe pas en s'exclamant dans son dos, risquant que je le reconnaisse à son timbre. Je fais durer interminablement, je papote, je la crispe, je l'irrite et enfin, un comble, je la prends totalement au dépourvu avec mon invitation. Elle n'a aucune envie de venir s'enterrer tout un week-end avec moi à la campagne, je le sais, et pourtant elle viendra. Elle accepte.

Peut-être Guillaume a-t-il hoché la tête en fermant les yeux. L'occasion est trop belle. Cette garce d'Élisabeth, en se livrant, le délivrerait peut-être.

Mission commandée ou pas, elle viendrait quand même car jamais elle n'a pu empêcher son ombre de coller à la mienne. Je me suis toujours demandé jusqu'où elle irait pour prendre ma place. Réponse ce week-end ?

Je me rallonge sur mon lit de grande bourgeoise jouant les odalisques et je rêvasse. Je ne sais plus rien faire d'autre depuis que l'accélération des événements réclame action et décision.

Pourquoi Chavaux a-t-il fait de moi son héritière ? Enfin, héritière... Il a laissé le blé à Alain, et à moi les emmerdes. J'aurai été la cruche de service jusqu'au bout. Sa foutue cassette est à l'abri des convoitises, mais elle n'a pas disparu pour autant.

Parler à Sophie, qu'elle quitte enfin cette insupportable innocence, qu'elle sorte de l'enfance. C'est ce que je me dis sans ignorer que c'est aussi une autre forme de ma perversité. Perdre Guillaume ? Il est plus fort que moi. Je le reconnais avec amertume.

Sans doute ai-je tort de vouloir forcer le destin, mais j'ai passé ma vie à cela. On ne change pas de monture au milieu du gué.

Sophie pense que je me sers d'elle et elle a raison. Sauf qu'elle a tort. En vérité, je me nourris de son amour pour moi et je l'enrobe de mon amour pour elle. Elle croit que je la méprise quand je l'aime, telle quelle. Je ressasse, je ressasse. Je deviens sentencieuse. Je vais me faire périr d'ennui.

Si seulement Sophie pouvait, deux jours durant, oublier Guillaume. Si seulement on pouvait, deux jours durant, retrouver la joyeuse folie de la jeunesse. Pourquoi me dessiner un avenir au goût du passé ? Étrange augure.

Rire une dernière fois ?

Je ne me sens pourtant pas suicidaire. C'est juste l'odeur de la mort qui me pince les narines. Je blague. Je me dis que je blague.

Et je m'endors et me réveille en larmes.

C'est le matin, on part en Creuse. Je passe prendre Sophie dans mon 4×4 de riche merdeuse et je chante à tue-tête sur l'autoroute, malgré la pluie.

Après Châteauroux, c'est chez moi et arrivée à Guéret, je n'ai plus besoin de me forcer. Je suis gaie. Le paysage n'en finit pas de s'attendrir, de m'attendrir, il se nuance, il se raffine, se peaufine. Ha !

Je regarde Sophie du coin de l'œil, lèvres étroites, dos bien droit. Derrière elle, le paysage défile dans la vitre. Images d'une campagne d'Épinal, petite maison blottie dans un vallon, la fumée montant de la cheminée. Un enfant dans un champ s'arrête pour nous regarder passer.

Par le pare-brise avant je vois la magnifique ferme fortifiée me saluer du haut de son vallon. Cette campagne, je l'ai choisie parce que le temps s'y est arrêté et que je m'y sens moi-même à l'abri du temps. Et puis parce que Guillaume déteste la campagne.

Sophie, flûte, j'ai besoin de toi, si tu pouvais me dire ce que je dois faire. Je voulais juste m'amuser un peu, m'en payer une tranche, avaler un gâteau plus grand que moi.

— Si tu avais une bombe, tu ne serais pas tentée de la faire exploser, juste pour voir ?

— Élisabeth !!! Parle clairement, ça nous changera. Quelle bombe ? Quoi ? De quoi tu parles ?

Comme je l'énerve. Avant, mes coq-à-l'âne la faisaient marrer. Elle n'aime plus les surprises, j'ai remarqué. L'imprévu la contrarie. Premier signe du vieillissement.

— Je ne sais pas, moi, imagine que je possède une photo du président de la République en guêpière et bas résille, s'exhibant sur une table dans un club échangiste ?

— Tu blagues ou c'est vrai ?

— C'est vrai, bien sûr !

Je sens son regard rond sur moi et j'éclate de rire. Pas elle.

— C'est drôle ?

— Est-ce que tu te rends compte qu'on peut te faire avaler n'importe quoi ?

Je suis sérieuse mais elle croit que je continue de me moquer d'elle. Après vingt ans, aller toujours de malentendu en malentendu, comme on saute de pierre en pierre pour ne pas se mouiller, c'est consternant.

On ne se parle plus jusqu'à l'arrivée au château et l'encombrant silence de Sophie m'empêche de profiter de ma campagne.

J'ouvre grand les volets, j'aère de la cave au grenier pendant qu'Aretha Franklin demande un peu de respect. Pour toi et pour moi, frangine. Je danse, je danse. Devant le grand miroir de l'escalier, je me regarde onduler, bras levés et je m'aguiche et je m'attise. Je dessine mes lèvres en rouge et les fais claquer. Un baiser à moi-même. Je suis belle. Dingue ce que je suis belle.

Comme un fantôme, la silhouette de Sophie se dessine derrière moi. Fatigue. Elle se tape enfin l'homme qu'elle voulait, elle baise tous les vendredis avec lui et je ne l'ai jamais vue aussi grise, aussi terne. Ça, c'est Guillaume, un prince dont le baiser transforme la princesse en grenouille. Ils sont nombreux comme ça.

Le reflet de mon regard croise le reflet de son regard. En cet instant, si elle pouvait m'écrabouiller contre le tain du miroir, éparpiller mon visage disloqué, elle le ferait. Sophie, je t'aime. Prends exemple sur moi. Aime-toi donc un peu. Et n'hésite pas à me tuer si ça t'aide. Je blague. Je me dis que je blague.

Elle m'annonce d'un ton rêche qu'elle va faire les courses. Il n'y a rien à manger.

La fourmi se rappelle au bon souvenir de la cigale.

Petite fourmi qui risque de se faire écraser d'un coup de talon distrait. Et voilà. Je n'ai plus envie de danser.

J'enfile mes bottes, ma veste de chasse et je pars à pied. En chemin, je me rappelle que j'ai oublié de laisser un mot à Sophie. Une petite rancœur en plus à enfiler sur son collier d'amertume.

Je pars toujours marcher pour réfléchir alors que la marche produit l'effet exactement inverse. Elle m'efface progressivement le cerveau et me voilà exclusivement poumons, cœur et tibias. Œil aussi et oreille et peau. Le soleil me récompense d'un petit éclat de chaleur qui picote.

Les caresses de Guillaume au commencement. Ses mains aimaient ma peau et réciproquement. Pourquoi le désir est-il mortel ?

Je ne supporte plus que son regard m'effleure, alors ses mains... Heureusement, la question ne se pose presque plus. C'est pourtant bien le même homme. Mâche, ma fille, mâche cette amère vérité et étouffe-toi de honte.

Sophie, Sophie... Je dois lui parler et je voudrais l'épargner pourtant. Elle est si hostile.

Si je n'avais pas épousé Guillaume, l'aurait-elle convoité ? Je dois cesser de penser que je suis le centre de la vie, déterminant l'existence de tous. Ma meilleure amie. Quel cliché...

Ma vie comme autant de clichés. N'y pensons pas, n'y pensons pas, n'y pensons pas trop. Moi et mon insupportable légèreté, on les emmerde tous.

Et si je meurs, les millions du compte Bête comme Élise resteront à jamais inaccessibles dans les tortueux dédales d'une vénérable et respectable banque luxembourgeoise.

L'argent. J'aime l'argent. J'ai aimé l'argent... De l'argent gratuit qui ne m'aura coûté que la minuscule estime que je réussissais à me porter encore... Les liasses de billets de banque enfournées sous la doublure d'un sac 1930 en velours.

Je me serai quand même bien amusée.

5

APRÈS avoir appelé Guillaume, j'attendis que l'épuisement vienne à bout de ma tremblote. Ma chambre. Au château. Boiseries grises. Le silence. Le cadavre d'Élisabeth, bois flottant. J'attendis en cet interminable dimanche de la mort d'Élisabeth.

Son corps aurait dû être retrouvé dans la matinée. Ou bien, sinon le corps, la voiture, laissée en évidence en haut du chemin. Même en automne, il y a toujours des pêcheurs, des promeneurs. Je m'efforçai d'entretenir le bon état. Celui qui me ferait réagir juste quand «j'apprendrais» la mort d'Élisabeth.

Le coup de fil de Guillaume aurait suscité une certaine inquiétude, me dis-je tout à coup. Pas besoin de me forcer pour avoir l'air inquiet. Déjà ça.

J'allai ranger le ciré abandonné dans la cuisine.

Le sac d'Élisabeth était resté dans le salon. Elle ne serait pas partie sans son sac. Si, ivre, elle faisait n'importe quoi.

Et si Élisabeth n'était pas morte? Et si tout cela n'avait été qu'une mise en scène? Et elle, le maître d'œuvre?

L'immense baraque s'agita, solidaire de mes

angoisses : ça grinçait, dans les étages, le battant de la grange battait inlassablement, la porte de la cuisine s'ouvrait au moindre souffle. J'allai tirer la targette d'un geste sec. Élisabeth était derrière mon épaule. Elle se planquait dès que je me retournais. Elle m'observait de la porte, reculait la tête derrière le panneau quand j'allais la surprendre.

Après avoir visité toutes les pièces, fermant chaque porte derrière moi pour m'assurer qu'aucune ombre ne se glissait sur mes pas, je retournai enfin dans sa chambre, une pièce immense, le plancher couvert de tapis, les murs couverts de rayonnages en planches épaisses. Des livres partout. Un secrétaire délicat face à la fenêtre. J'ouvris son ordinateur portable. Taper un mot d'adieu qui confirmerait le verdict d'un suicide et éviterait une enquête.

Tout nouvel enregistrement était automatiquement daté. Laisse tomber, Sophie, tu n'es pas assez séduisante pour qu'on mente en ton nom. Même pas un ordinateur.

J'ouvris ses dossiers quand même, curieuse, j'aurais lu son journal intime s'il avait existé, et je tombai sur des notes qui me réjouirent car elles dénotaient un état dépressif : « Les jours se ressemblent, mon mariage est un leurre auquel nous ne faisons même plus semblant de croire. Qu'est-ce qui me retient à part des relents de religiosité peut-être, de superstition plutôt ? Ah, le poids des interdits... »

Il y en avait une demi-page sans grande cohérence. Beaucoup mieux que ce que j'aurais pu barbouiller dans le genre mot d'adieu inachevé.

Je refermai l'ordinateur. J'essuyai les touches avec un kleenex, en vraie professionnelle du crime. Son pyjama d'homme en soie bordeaux était accroché à la porte. Des magazines féminins jonchaient le sol, vestiges de son précédent séjour.

Élisabeth. J'allai me jeter sur son lit où flottait encore son parfum, trop lourd à mon goût, « Madame Rochas ». J'étreignis son oreiller, me roulai en boule autour de lui et appelai son nom désespérément. Mes yeux étaient fermés, je gémissais doucement et, soudain, je me tus, m'immobilisai sans oser ouvrir les yeux. Une présence à la porte traversa la pièce jusqu'à moi. Élisabeth était de retour. Une noyée aux yeux blancs, tendant des bras décharnés pour m'attirer à elle jusque dans ses abîmes comme elle m'avait toujours tirée à la traîne, ma remorque préférée, disait-elle.

J'entendis sa voix susurrer avec un rire de gorge : je te manque déjà, non ?

Ce fut, en vérité, un raclement de gorge. Du coup, j'ouvris les yeux. La femme de ménage était plantée dans l'encadrement de la porte. Comment s'appelait-elle déjà ? Hébétée, elle me regardait comme un écran de télé diffusant du porno à heure de grande écoute.

À sa décharge, je serrais l'oreiller contre mon ventre, un angle entre les cuisses, un coin enfoncé dans ma bouche, l'obscénité incarnée :

— Excusez-moi. J'ai appelé. Madame de Gurson n'est pas là ? Je fais quoi, là... ?

Je me levai rapidement, m'essuyai les joues, traversai la pièce en quatre enjambées, et fermai la porte derrière moi.

— Pardon. J'ai dû m'endormir sur son lit... Je ne sais pas où elle est. En balade peut-être. On s'est couchées tard.

Je n'avais pas à donner d'explications à une domestique. De l'action.

— Le mieux serait de commencer par la cuisine et puis mettre un peu d'ordre dans sa chambre. Elle ne devrait pas tarder. Surtout qu'on doit repartir en fin de journée.

— Madame de Gurson aussi ? Parce qu'elle m'a demandé de faire des courses avant de venir. Elle m'a dit qu'elle resterait peut-être la semaine. Vous n'êtes pas au courant ? Parce que si vous repartez, qu'est-ce que je vais faire des provisions, moi ?

— Elle vous a téléphoné ? Quand ?

— Cette nuit.

Nous étions dans la cuisine alors et, comme mon visage échappait sournoisement à tout contrôle, je me détournai et commençai de pousser méticuleusement des miettes sur la planche à pain jusque dans ma paume en creux que je retournai pour les faire tomber par terre.

— Cette nuit ? (Je répétai les mots uniquement parce que je cherchais comment poser la question qui m'importait.) À quelle heure ?

— C'est que je dormais. Mais il était très tard. Faut dire que moi, à dix heures, hop... je dors. Onze heures ?

— Et sa voix ?

Son silence souligna l'incongruité de ma question.

Je me retournai vers elle.

— Je veux dire... elle s'est excusée, elle avait l'air fatigué ? Vous comprenez, je ne sais pas où elle est passée.

Elle me regarda avec de grands yeux, secoua la tête comme pour rejeter une absurdité ou nier une bêtise embarrassante :

— Vous la connaissez mieux que moi. Elle venait d'y penser. Alors, hop, elle a appelé.

Il n'avait jamais été question de prolonger le séjour. Élisabeth avait voulu se débarrasser de moi ? J'en ressentis un chagrin aberrant. Suivi d'une rancœur encore plus absurde : pourquoi Élisabeth ne m'avait-elle rien dit de ses projets ?

J'abandonnai la femme de ménage et m'affairai à allumer le feu. Apparemment, tout le monde avait passé la nuit au téléphone, sauf moi.

Je froissai trois journaux, saupoudrai de petit bois, montai les bûches en échafaudage... Le journal se consuma joyeusement. Ça marchait ! Immédiatement après, une fumée blanche monta des cendres. Il peut y avoir de la fumée sans feu. Il y en a chaque fois que je m'y colle.

Rester calme. Démonter la construction et raisonner. Pour appuyer un mensonge, mieux vaut s'en tenir le plus possible à la vérité. Si j'étais questionnée, je raconterais en détail le dîner brûlé, la rigolade, les petits coups de marc au coin du feu et moi, montant me coucher, la laissant seule à rêvasser dans son fauteuil. Non, je n'avais pas entendu la voiture. La fenêtre de ma chambre donnait de l'autre côté. Oui, Élisabeth était coutumière de ces sortes de lubies. Vague souvenir d'une sonnerie pendant la nuit... Non, n'en rajoutons pas. J'étais assommée par l'alcool. J'avais dormi d'un sommeil lourd.

Je passais des heures devant l'âtre froid à me répéter en boucle ma future déposition. Je souhaitais, désespérément, qu'il se passe quelque chose. J'étais tentée d'aller moi-même au lac découvrir la voiture, de lancer l'alerte. Je comprends que ce soit si souvent le meurtrier qui découvre le cadavre. Il veut en terminer avec l'attente. C'est tout. Je fus à deux doigts de commettre une telle bêtise.

Pas question de passer une deuxième nuit seule

dans la grande maison. Je partirais par le train de dix-sept heures à La Souterraine. J'appelai l'électricien. Sa fille fait taxi. Il fut entendu qu'elle me prendrait dans une heure.

La femme de ménage était partie sans prévenir. Je lui avais fait peur. C'était malin ! Je bouclai mon sac, fermai les volets et laissai la porte d'entrée ouverte. Ce n'était pas délibéré. La clé était introuvable.

Je griffonnai, in extremis, un mot à Élisabeth. Le métier rentrait.

Dans le train, je m'endormis sur des images gore et arrivai gare d'Austerlitz la tête à l'envers.

Après une nuit à éclipses, je fus réveillée au petit matin par des coups de sonnette brutaux. Je reconnus Guillaume dans le Judas et m'affolai. Une absurdité de plus, mais de voir cette incarnation de la méticulosité débarquer chez moi sans crier gare, mal rasé, le cheveu en bataille, les yeux cernés, me fit redouter une catastrophe. Comme si, depuis deux jours, je naviguais sur un océan de tranquillité.

Une fois la porte ouverte, je restai bête. Il me faisait cet effet-là. Il est beau. Très beau. Trop beau. Inaccessible. Élisabeth était très belle, mais accessible. Élisabeth et Guillaume formaient un couple magnifique. Je ravalai un sanglot. J'étais de plus en plus dérangée.

Les journaux ne se sont jamais privés de gloser sur l'électorat majoritairement féminin de Guillaume. Il a un physique d'homme à femmes : le visage carré, large, les yeux allongés, la paupière lourde, le nez trop grand, épaté, empreint de virilité et de domination, la bouche, sinueuse, ondulante, fine et sensuelle en même temps. Quand il parlait, je devenais sourde, mes yeux se gorgeaient de lui, je suffoquais de pur désir.

La première fois, c'était dans un ascenseur. Il pérorait. Un fonds sonore à mon avidité. Son regard s'alluma au mien comme une mèche tendue vers une bougie enflammée. Sans me quitter des yeux, il me prit la main pour la plaquer sur sa braguette. Il bloqua l'ascenseur pendant que je glissais au sol tout en lui ouvrant le pantalon. Je me serais contentée de son plaisir, tellement soumise déjà, mais il m'embrocha contre la paroi et je ne sentis qu'une jubilation enfantine : ouais, je l'avais ! Niquée la belle Élisabeth !

— Qu'est-ce qui se passe ?

Je posai la question, essoufflée par ma brève réminiscence.

— Qu'est-ce qui se passe ? répéta-t-il, furieux. J'appelle la Creuse depuis des heures. Ton téléphone ici sonne occupé et Élisabeth a disparu après m'avoir laissé une lettre incohérente... Elle est devenue totalement ingérable. Je m'attends au pire.

— Tu connais son goût de la mise en scène.

J'allai prendre mon téléphone et appuyai sur la touche pour le remettre en fonction. Je ne pouvais décemment pas confesser à Guillaume que je redoutais par-dessus tout de décrocher et d'entendre la voix d'Élisabeth. « Comme je l'ai tuée, j'ai peur qu'elle revienne se venger, tu comprends, Guillaume ? »

Je lui expliquai, sur un ton de justification écœurant, que j'avais préféré rentrer plutôt que rester seule dans ce château que j'aimais aussi peu que lui, que j'avais eu l'intention de l'appeler à mon réveil pour le prévenir de mon retour, bien sûr. Sans ajouter qu'il aurait pu être un peu gentil la veille au téléphone. Il m'interrompit pour me demander si Élisabeth m'avait confié quoi que ce soit sur ses soupçons éventuels nous concernant, sur les soi-disant preuves qu'elle possédait...

Il ajouta, furibard, comme si j'en savais plus long que je ne disais :

— Et à propos de quoi ces preuves, on se le demande !

Il ne parle pas comme ça d'habitude. Cela me rassurait. Cela signifiait qu'il était logique que je me ressemble aussi peu moi-même.

Je secouai la tête, désolée de mon inutilité qu'il sembla constater en même temps que moi, sans surprise ni déception, comme un fait avéré depuis trop longtemps.

Décidément, Élisabeth s'était sérieusement fourvoyée dans son exercice de pythie. Il couchait avec moi sans espoir d'en tirer un quelconque bénéfice.

J'endossai mon costume de femme rassurante. J'essayai de le rassurer. Il connaissait Élisabeth. Elle aimait tester son pouvoir. Il ne fallait surtout pas se laisser impressionner. D'ailleurs que pouvait-il bien redouter... ?

Le téléphone mobile de Guillaume se déchaîna inopinément. On sursauta avec un synchronisme admirable.

Guillaume précisa qu'il était bien lui-même, écouta, visage rentré. Il se voûta progressivement.

— J'arrive immédiatement.

Il raccrocha, me regarda sans me voir, une performance qu'il n'est pas seul à exécuter aussi parfaitement, et dit, pour lui-même plutôt :

— On a retrouvé le corps d'Élisabeth dans le lac de Lavaud-Gelade. Elle s'est noyée. Il faut que j'y aille.

À la porte il se retourna massif, brutal. Il n'est pas grand, mais il a la puissance musculeuse d'un taureau :

— Tu as fouillé ses affaires ?

Je n'entendis pas le « au moins », il était implicite.

— Un peu. Je n'ai rien vu de particulier.

J'avais machinalement haussé les épaules. Il ouvrit la porte, se retourna une seconde fois.

— Tu pourrais au moins avoir l'air étonné.

Son regard s'étrécit, soupçonneux. Il annonça qu'il me tiendrait informée et claqua la porte derrière lui.

Quand ma sonnette retentit deux heures plus tard, j'étais lavée, habillée, assise près du téléphone, hésitant à appeler ma secrétaire pour justifier mon retard. J'avais l'impression que les dés étaient lancés et que ma vie ne m'appartenait plus.

J'allais ouvrir, heureuse de me déplacer, parce que c'était une action et que je n'en pouvais plus du vide.

L'homme présenta une carte que je ne regardai pas, me donna son nom que je n'entendis pas, me présenta son collègue officier de police. Les mots ne franchissaient pas la barrière de mon cerveau. Je savais juste que nous y étions. Tout s'était passé plus vite que prévu. Ils étaient venus m'arrêter.

La malédiction d'Élisabeth. Un jour ou l'autre, ses proches finissent en prison. Je me dis que c'était injuste que ça tombe sur moi. Guillaume était encore plus proche que moi. Et pourquoi j'irais seule ?

6

J'ENTAME une liaison intense mais brève, forcément brève, avec un acteur de théâtre qui joue Richard III. L'envie irrépressible de baiser avec Richard III m'ayant saisie, je me fais présenter, m'incruste dans sa loge et... le viole. Je ne vois pas d'autre mot qui exprime à la fois sa réticence et mon ardeur qu'il prend pour de l'adoration. Normal. Il me propose de passer sa relâche dans une auberge de campagne, campagne riante faut-il le préciser. C'est d'un convenu, cette histoire est un mirage qui se dissipe plus j'y pénètre. Un bon résumé de ma triste existence.

J'ingurgite avec délectation les clichés que mon acteur consommé me sert comme autant de raretés. Ce premier matin, je ferme les yeux sous prétexte de délices trop exquis et je les rouvre pour observer un moment charmant entre l'acteur et son miroir. Il tapote sa peau, travaille sa raie bien blanche et droite dans sa chevelure d'un noir de jais, examine sa dentition avec passion, se fait une tête. Je suis le public, indistincte et nécessaire. Je parie qu'il ne sait même pas la couleur de mes yeux. Il s'est laissé séduire fiévreusement, il se montre cynique, ironique, brillant au gré de son humeur. Il me fait rire, il me divertit et il ne me laisse pas placer un mot.

Fin du week-end. La campagne riante ressemble à une publicité pour une assurance vie, l'auberge à un décor de Walt Disney et mon roi même plus boiteux se décristallise sous mon regard dessillé jusqu'à se transformer en Celluloïd cabossé. La vanité de Guillaume, en comparaison, est un altruisme de chaque instant. Même si l'autre, pour Guillaume, c'est lui, bien sûr. Éternellement lui.

Pauvre Guillaume. Déçu de n'avoir pas de poste de ministre dans le nouveau gouvernement, il part aux États-Unis pour une tournée des universités, ce qui m'assure une impunité dont il faut profiter. C'est le moment ou jamais. Je m'enferme à double tour dans le salon, c'est-à-dire que je bloque la porte avec un fauteuil. Je suis seule dans la maison mais madame Albert a la clé de l'appartement. Tout est ridicule.

J'ai repêché la cassette de Chavaux au fond de mon coffre et je la regarde. Pas son contenu, non, qui me pétrit d'ennui par avance. Non, je contemple l'objet, banal et mortel, l'œil brillant.

Élisabeth, résiste, résiste à la tentation de garder la cassette à la maison, juste parce que c'est drôle. *Tout le monde continue de s'interroger sur les raisons qui ont poussé un ancien ministre de la République à garder à son domicile un document le mettant personnellement en cause.*

Déconne pas, Élisabeth !

Un coffre bancaire, ce serait moins amusant, voire imprudent.

Et tout à coup : illumination. Françoise. Personne ne la connaît. Personne ne sait même qui elle est. Une petite institutrice, mère de famille, banlieusarde. Elle est de ma vie à côté, qui est peut-être ma vraie vie dont tout le monde se fout.

Elle seule sait qui j'ai été, d'où je viens. Elle est ma vérité comme Sophie est mon mensonge et elle a gardé, gardera toujours le secret.

L'une gardienne de ma réalité, l'autre de ma fiction dont elle est devenue aussi la garante. Et si je meurs, la réalité passera le relais à la fiction. Tentant... Que Sophie n'apprenne jamais à quel point je me suis servie d'elle.

Il faut que je reste sur le même sujet au moins le temps de son énoncé. La cassette. Françoise. Âme pure. Âme qui ne connaît ni l'envie, ni la rancœur. Âme sans cupidité. Incorruptible. Françoise.

Françoise qu'il suffit que j'appelle pour qu'elle m'invite à dîner mais oui, le soir même, et rien ne pourrait lui faire plus plaisir apparemment.

Comme d'habitude je me perds dans le dédale de sa banlieue pavillonnaire et je songe à quel point je l'admire d'avoir réussi à bâtir du bonheur. Enfin, je l'admire... de loin. Je serais peut-être capable de bonté, une fois par hasard, mais vivre dans cette laideur monotone, jamais.

Les trois enfants de Françoise sont joyeux, dissipés, vifs, intelligents. Elle les rudoie, elle les écoute, elle les regarde. Elle les jette à l'eau et les admire de nager. Moi, je les jetterais à l'eau et puis je penserais à autre chose. Son mari est un associatif déchaîné : sans-papiers, environnement, sans-logis, chômeurs mobilisent son énergie et son temps. Comme la fleur fleurit sur le tas de fumier, lui s'épanouit sur la douleur des autres. Elle le trouve merveilleux, est de toutes les manifs, gère le ménage, les courses, les devoirs. Lui blablate.

Oui, je l'admire, mais sa vie me rendrait folle.

J'ai apporté à Ninon des perles multicolores et aux garçons des mutants en plastique. Ça piaille d'excitation. Une journée entière de ce régime et je suis bonne pour la camisole.

Avant le curry, Pierre est un nostalgique de l'Inde, je coince Françoise dans la cuisine et je lui remets mon paquet, enfoui sous trois couches de papier kraft, comme si je craignais de la contaminer. Je lui transmets mes instructions. Elle me regarde avec compassion et me dit simplement : « Tu peux encore changer de vie. »

Je me sens envahie d'une pitié débilitante pour moi-même, gorge nouée, dans ma jupe Prada, mon pull Margiela et mes pompes Miu Miu, mon rouge-à-lèvres Yves Saint Laurent et mon mascara Dior. Je suis comme les mômes de banlieue bardée de marques, les miennes valent plus cher, mais l'aliénation est la même. Ce sont mes moments d'hypocrisie où je me prends à rêver d'une vie simple et laborieuse dans une cité-dortoir, habillée chez Tati et Monoprix et rêvant du grand soir.

Mieux vaut rigoler, ce que je fais le mieux. Je ris donc et lui réponds : « Tu me connais mal, au fond. Mon deuxième prénom est Frivolité », je sors le reste de mes cadeaux pour toute la famille, malgré son air de doux reproche, mes deux bouteilles de saint-émilion dont je bois les trois quarts. Le baba cool est sobre.

Et moi, soulagée. Je ne pouvais pas rêver meilleure planque.

J'ai toujours si bien su remettre au lendemain le programme du jour !

Les meilleures choses ayant une fin, Guillaume rentre des États-Unis.

En ce temps de mon indifférence, il commence à se méfier et j'aime assez déclencher sa nervosité.

J'ai laissé exprès sur le chiffonnier dans l'entrée un bout de papier griffonné, un nom de journaliste, un numéro de téléphone...

Il fait l'étonné :

— Tu fréquentes les plumitifs maintenant ?

— Pas les, un. J'aime son culot.

— S'il te dévoile un scoop, tiens-moi au courant.

— À moins que ce ne soit le contraire...

— Je t'imagine mal en taupe.

— Sans vouloir te faire de peine, je ne t'imagine pas m'imaginer...

Quant à Sophie, elle rase les murs ou alors elle en fait trop dans l'amitié intempestive. Elle me trouve « rayonnante, très en beauté », elle se demande où j'ai encore pu dénicher cette petite merveille *vintage*. Ce rôle lui va mal et me fait mal. Son manque de naturel me hérisse.

Mais je joue le jeu aussi, voilà où nous en sommes réduites.

Ça veut juste dire qu'elle couche à nouveau régulièrement avec Guillaume.

Lequel aimerait que je sache. Pour me faire perdre l'équilibre, m'inquiéter. Il joue le mari trompeur qu'il est, puis s'étonne de moins voir Sophie à la maison. Va-t-elle bien au moins ?

Je surenchéris dans la naïveté, juste pour l'irriter.

C'est sympa l'ambiance chez nous en ce moment.

Depuis qu'il n'est plus ministre, Guillaume joue les débordés. Pas encore sevré, le pauvre. Un ministère vous transforme l'homme le plus sain du monde en junkie.

Monsieur le ministre de Gurson. C'était hier. Chaque matin, la Safrane attendait devant la porte. Le téléphone frémissait, vibrait sous la paume impatiente de mon pauvre mari, comme je ne l'ai jamais fait ; réunions, décisions à prendre, tout le monde voulait quelque chose de lui, il pouvait joindre le chef du gouvernement, se ménager des apartés avec le président. On guettait ses commentaires, des micros s'ouvraient sur son passage pour recueillir le précieux jus de son cerveau d'énarque. Et puis un jour, tout s'arrête. Il était tout, il n'est plus rien. Alors ça s'agite, ça tire les cordons de tous les obligés, ça rappelle les services rendus, les capacités de travail, la connaissance des dossiers, de tous les dossiers. Ça s'irrite de tout.

Et moi, je lui ris au nez, je bois, je danse, je dis des bêtises. On apprécie ma fantaisie, mais on s'en méfie aussi. S'ils savaient...

Guillaume se réjouit que je ne voie plus Chavaux et décide d'honorer la campagne française de son illustre présence. Je propose d'emmener Sophie. D'un air grave, il prend l'air grave pour tout depuis qu'il a été ministre, il décrète qu'on ne passe pas assez de temps ensemble, il s'en veut. Un week-end sera l'occasion de tout mettre à plat. J'abhorre cette expression, je ne suis pas une chemise qu'on repasse.

Nul ne peut ignorer que le député de Gurson va se ressourcer dans la belle campagne française. Je le soupçonne d'avoir pris une attachée de presse. Sans image aujourd'hui, on n'est plus rien. Fini l'acte gratuit. Et je sais de quoi je parle !

Il déteste la campagne, s'y ennuie. Immanquablement, il se ramasse une bûche sur le pied, se prend une poutre sur la tête, crotte son pantalon de velours côtelé, et comme je n'ai pas voulu de télévision dans ce qui est ma maison...

Depuis combien de temps n'avons-nous pas été en honnête tête-à-tête ? Enfin... l'honnêteté n'a jamais été la caractéristique de nos rapports. Nous n'avons rien à nous dire. C'en est comique.

Guillaume veut quelque chose de moi, mais quoi ? Il ignore jusqu'à l'existence de la cassette.

Sa tête en découvrant la cuisine sauce Chavaux. Voilà qui justifie amplement le week-end. Guillaume, disciple compassé du bon goût, est au bord de l'évanouissement.

En plus j'ai mis des rideaux de gaze brodée d'ors aux couleurs orientales à toutes les fenêtres. Et j'écoute la même chanson en boucle, la chante à pleins poumons, « Suce ma bite, suce ma bite ». En anglais certes mais Guillaume a passé un an à Oxford, plus un an à Yale. Il sait de quoi je chante.

Il tient quand même à m'accompagner en promenade à la ferme. Tout le monde est mal à l'aise, sauf lui qui interroge mes amis sur leurs problèmes d'éleveurs avec ces histoires de vache folle. Eux font de l'agneau, mais ce n'est pas grave. Guillaume ne reconnaît la différence qu'au goût dans son assiette. Il plisse le nez quand nous entrons dans la bergerie et boit avec des airs de faux cul la petite prune faite maison.

Qu'est-ce qui m'a pris, ce soir, je n'en sais rien. Je bois trop sans doute. Quelque chose d'apaisé aussi dans le visage de Guillaume me rappelle le passé, me rappelle qu'il était, est, beau, intelligent, travailleur. Qu'il m'a fait rêver. Nous sommes assis sur le même canapé. Je pose ma tête sur son épaule, me niche contre lui, désir enfantin qu'il m'entoure de son bras protecteur, pose sa paume chaude et réconfortante sur mon crâne.

Il se lève en murmurant qu'il va chercher une cigarette, mais il revient s'asseoir à côté de moi. Je garde la bonne distance et puis je lui demande s'il regrette notre mariage.

Il cherche le piège d'instinct et je vois à quel point la méfiance a toujours tenu la chandelle à notre couple.

J'insiste :

— Non, sérieusement, est-ce que tu penses que c'était une erreur ?

Mon Dieu, mais qu'est-ce que j'espérais ? Qu'il allait fondre en larmes, déclarer qu'il était fou d'amour pour moi, regrettait notre éloignement, l'intimité disparue, me désirait toujours, qu'il conclurait que j'avais transformé sa vie, car, au fond, il n'aspirait qu'au bonheur, que, d'ailleurs, j'étais son bonheur... Élisabeth, pauvre fille.

Il réfléchit, ce qui devrait suffire à refroidir ma brûlante attente. Puis il dit raide et pompeux :

— Je ne pourrais pas me permettre un deuxième divorce si c'est ce à quoi tu faisais allusion.

— Ta carrière ?

— Bien sûr, ma carrière, dont tu as tiré aussi quelques bénéfices, non ?

— Si, bien sûr.

— Dis-moi, il faut repeindre la cuisine. C'est bien des couleurs de pédé.

Autant pour le politiquement correct. Je retiens la gifle, me contente de répondre :

— Certainement pas.

— Tu as voulu faire plaisir à un mourant, c'est méritoire de ta part, mais je ne vois pas pourquoi j'en supporterais les conséquences.

Je lui rétorque qu'il ne vient jamais ici, que Chavaux, au moins, n'est pas un hypocrite, que je trouve lamentable que tout le monde le laisse tomber depuis qu'il a été mis en examen, etc. Je n'ai jamais su faire bref.

Il laisse couler avant de me demander avec un regard scrutateur :

— Pourquoi tenait-il tant à venir à la campagne avec toi ? Il cherchait une confidente ? Élisabeth, je ne plaisante pas. S'il t'a confié des choses importantes, je veux dire des choses qui me concernent, tu dois me les dire. Pour ta protection autant que la mienne. Sur ce plan-là au moins, nous sommes liés.

J'ai répondu vite, trop vite, que pas du tout, c'était un séjour purement amical.

Il insiste :

— La presse s'est calmée. L'instruction suit calmement son cours...

Je ricane.

— Si tu pouvais retenir tes persiflages... il se trouve que personne n'a intérêt à vider ses poubelles en public. Surtout pas toi. J'espère que tu me comprends.

J'en arrive à me demander si Guillaume peut représenter un danger pour moi, s'il imagine que j'en suis un pour lui.

La garde-malade m'a appelée pour m'annoncer que maman était morte dans son sommeil. Je suis au-delà des excuses et des apparences. J'annonce à Guillaume que je pars enterrer ma mère.

Il me dit :

— Pour la deuxième fois ?

— Je t'ai souvent menti.

Il attend un moment, tête inclinée. Je me tais. Lui aussi.

C'est un petit cimetière de campagne. Nous n'aurons jamais fait la paix. Elle n'aura jamais pu m'aimer... Personne, partant, n'aura jamais pu m'aimer.

J'ai décidé de laisser les meubles de maman à la

garde-malade. Je n'ai rien à ranger, rien à jeter. Je n'ai pas de passé. Comme je l'avais souhaité.

Je rentre à Paris dans cet appartement qui n'a jamais été le mien, retrouver un mari étranger. Je n'ai vraiment plus rien pour occuper mes jours. À part une cassette susceptible de déclencher un ouragan qui animerait ma morne existence.

Guillaume reconquiert son siège de député. Je n'arrive même pas à m'en réjouir. Y a-t-il encore quelque chose à sauver ?

Si je pouvais récupérer Sophie, l'avenir ne redeviendrait-il pas possible ?

Dans un esprit nostalgique qui me ressemble peu, je lui donne rendez-vous au Boul'Mich. Je suis assise à la même table qu'il y a vingt ans. Elle marche jusqu'au bar, examine la salle. Elle fait une drôle de tête en me découvrant. La tête de quelqu'un pas content de me voir. Qu'est-ce que j'avais cru ? Qu'elle additionnerait tout à coup deux plus deux ? Comprenant tout, pardonnant tout, on efface et on recommence ?

Elle aussi, je l'ai perdue. Le temps d'un Coca, elle s'agite, factice comme une professionnelle : sourires, voix enthousiaste, mains aériennes, œil froid. Je lui dis que je vais mal.

Avec un sourire de tueur pervers, elle me reproche de me laisser aller. Il faut que je trouve une occupation plutôt que de tromper Guillaume à tire-larigot sans même songer à protéger sa réputation.

Je suis prise d'un fou rire inextinguible qui suscite enfin chez elle une inquiétude sincère. Oh, pas pour moi. Pour lui. Elle ne pense plus qu'à lui. Elle en devient bête. Elle plaide sa cause comme une amoureuse éperdue. Finalement, elle l'aime depuis plus longtemps que moi. Jusqu'où ira-t-elle pour l'avoir ? Ne comprend-elle pas qu'elle ne l'aura jamais ?

7

La culpabilité vous joue de ses tours ! La mienne interprétait la situation selon sa logique qui était que j'étais prise au piège par deux policiers tout-puissants.

L'un avait sorti un calepin. L'autre m'invita à m'asseoir, s'invita à s'asseoir à son tour. Est-ce que je voyais un inconvénient à ce que son acolyte prenne des notes ?

Je n'étais pas dupe. La politesse ne servait qu'à me désarmer.

Les préliminaires achevés, il soupira, pensif et attentif :

— J'ai une terrible nouvelle à vous annoncer.

Je compris instantanément qu'il avait simplement cherché à gagner du temps ! Les flics redoutent d'avoir à annoncer un décès ou ce genre de nouvelle qui bouleverse toute une vie. Le commandant gagnait du temps pour lui. Pas pour moi. Ne jamais oublier que les autres agissent plus en fonction d'eux-mêmes que de soi.

Je n'eus pas le loisir de me réjouir de cette nouvelle interprétation. Une détente malvenue et je risquais de réagir mal à propos. Je m'étais tellement préparée à ce moment crucial que je ne savais plus sur quel registre jouer.

Dans le doute, impassibilité. Rester impassible. Élisabeth prétendait que j'étais incapable de ne pas envoyer cent messages à la minute. Même en dormant. On allait voir ça !

— Vous étiez avec votre amie Élisabeth de Gurson dans sa maison de Pimpérigeas ce week-end ?

— Oui.

— Je suis désolé, mais on a retrouvé son corps. Elle s'est noyée.

— Je suis au courant.

Je me rappelai la consigne : me tenir au plus près de la vérité. Sauf que tactique et raisonnement s'étaient envolés avec mon machiavélisme de pacotille. J'étais, à cet instant, incapable de faire semblant.

Il me regarda avec une attention indéchiffrable.

— Ah bon ? Je viens moi-même d'être prévenu par la gendarmerie de Vallière...

— Je l'ai su par son mari. Guillaume de Gurson. Il était inquiet. J'avais décroché mon téléphone, alors il est passé et les gendarmes ont appelé pendant qu'il était ici.

— Et pourquoi aviez-vous décroché ?

— Pour ne pas être dérangée.

— Vous n'étiez pas impatiente d'avoir des nouvelles de votre amie ? Vous n'étiez pas inquiète ?

Chapeau Sophie ! Bravement, j'essayai de faire front.

— Non, je n'étais pas inquiète. Élisabeth... Vous ne la connaissiez pas...

Il sourit, que non, effectivement, il ne la connaissait pas.

Histoire de marquer ma désapprobation, je répondis à son sourire par une voix que je voulais brisée, qui sortit éraillée.

— Élisabeth était tout à fait capable de partir sur un coup de tête sans prévenir personne. On se connaît depuis vingt ans et elle ne se gênait pas avec moi... De sa part, rien ne pouvait plus m'étonner.

— Même pas sa mort.

Je bredouillai lamentablement que si, bien sûr, interrogeai, mais un peu tard : était-ce un accident ? Savait-on ce qui s'était passé ?

Il ne répondit pas, ne me quitta pas des yeux, dubitatif et attentif, puis déclara très nettement :

— Quand je me suis présenté, vous avez eu l'air résignée. Je crois que c'est le mot exact. Résignée. Qu'est-ce que vous vous êtes dit à ce moment-là ?

Je sautai sur l'occasion :

— Je me suis dit que vous veniez m'arrêter.

— Pour le meurtre de madame de Gurson ?

Ma voix grimpa en crescendo hystérique. C'était parfait.

— C'est un meurtre ?

— Vous avez parlé d'arrestation.

— Oh non ! Pour moi Élisabeth n'est même pas morte. C'est plutôt une image inconsciente. La police sonne à votre porte et vous arrête. Vous vous retrouvez pris dans un engrenage fatal...

Je haussai les épaules :

— Un genre de réflexe pavlovien, j'imagine. Excusez-moi, je n'ai pas bien saisi votre nom tout à l'heure.

— Mangin, commandant Mangin.

J'entendis son nom cette fois et du coup, je le regardai pour de bon et je le vis. Je n'étais plus tétanisée par la peur. J'avais repris le contrôle de la situation.

Le commandant Mangin montrait une tendance certaine à l'embonpoint, mais il devait faire du sport pour compenser. Il rentrait le ventre avec persévérance. Sa bouche, ses yeux étaient gourmands. Bleus les yeux et les cheveux châtains tirant vers le blond. Et intelligent. Il respirait l'intelligence, avec du sourire derrière chacun de ses mots. Une façon de me regarder comme une femme aussi. Ce type était un séducteur, je l'aurais parié. Un séducteur de sous-préfecture peut-être, mais...

Dès qu'un homme me fait du charme, je deviens agressive. Histoire de montrer que je ne suis pas dupe.

— Vous allez m'arrêter ?

Il marqua un temps d'étonnement surjoué.

— Oh, là, là, non ! Ce n'est même pas mon enquête. Mais comme il s'agit de monsieur de Gurson, forcément les téléphones ont sonné à tous les étages depuis la découverte du corps. Non, si vous avez encore la gentillesse de nous accorder de votre temps, je voudrais vous interroger sur votre week-end. Si ce n'est pas trop pénible, bien sûr.

Il y avait de la question là-dessous et je répondis que, pour l'instant, je ne ressentais rien. C'était trop irréel.

J'appelai mon bureau pour les prévenir de mon retard, j'allai faire du café et pendant une heure, me prêtai au rituel.

Puis ils partirent.

On s'attend à un interrogatoire suivi de conséquences incalculables et finalement c'est popote, emploi du temps, état d'esprit de la victime, disputes ou pas, alcool, beaucoup, normal... Guillaume avait dû déjà amorcer la théorie du suicide parce que le commandant Mangin a prononcé le mot. Prudente, j'ai avoué que l'idée m'avait effleurée mais qu'Élisabeth aurait laissé un message.

Je n'allais pas leur apprendre leur métier. Ils iraient bien voir sur l'ordinateur eux-mêmes.

Dans les jours qui ont suivi, je n'ai pas essayé de joindre Guillaume que j'imaginais débordé. Je l'étais aussi. Heureusement pour moi. Et comme tout le monde connaissait mes liens avec Élisabeth, on m'a laissée tranquille.

J'étais en plein lancement du nouveau parfum de Joliane, « Bijou », un parfum raté. Il fallait finir les communiqués pour les magazines mensuels, inviter deux ou trois vedettes maison au déjeuner organisé pour la presse et prévoir quelques sympathiques cadeaux capables de boucher le nez des journalistes spécialisés.

La presse politique tenta d'établir un lien entre le « suicide » d'Élisabeth et la disparition d'Antoine Chavaux. Comme il était clair que Guillaume était le véritable objet de cette improbable corrélation et qu'on ne tire pas sur un ancien ministre nouvellement veuf, cette mini-campagne fit long feu.

La mort de Chavaux avait mis fin à l'enquête de justice. À moins de nouvelles mises en examen pour relancer la machine, l'affaire allait s'éteindre faute de témoins.

Je connaissais, moi, la prudence de Guillaume qui avait toujours gardé ses distances avec Chavaux et n'aurait jamais laissé Élisabeth jouer un quelconque rôle dans le domaine politique. Il avait trop peu d'estime pour elle.

Son visage de noyée surgissait souvent la nuit, me réveillant, semblable à elle, bouche ouverte cherchant l'air. Seulement moi, j'étais bien vivante. Comme je me le répétais avec plus ou moins de conviction.

J'aimerais retrouver mon état d'esprit d'alors. Je crois qu'une culpabilité énorme m'habitait, mais que je l'avais enfouie au plus profond. J'avançais dans ma vie, dans le temps, comme on se fraye un chemin dans un champ poussé trop haut, trop vite. Et aussi, oui, une part de moi triomphait : j'aurais Guillaume. Il n'y avait plus d'obstacle et j'avais accompli davantage pour lui en une nuit qu'Élisabeth en plusieurs années.

Prétendre que Guillaume l'avait jetée dans les bras de Delrieux était de la pure calomnie. Elle avait justifié a posteriori une de ses minables petites aventures clandestines.

Élisabeth, au fond, n'avait jamais aimé qu'elle-même. Enfant gâtée, prenant ses désirs pour des faits accomplis, elle avait cherché et trouvé la gratification immédiate jusqu'à ce que j'y mette fin.

Un jour de rumination particulièrement optimiste, j'envoyai à Guillaume un fax un tantinet exalté lui proposant aide et appui. Je n'escomptais pas de réponse. Il y avait de quoi l'agacer plutôt.

Le lendemain, ma secrétaire me transmit le message : mon cousin souhaitait que je passe à son domicile. C'était notre code ; il ne donnait jamais son nom.

Ô merveille ! Guillaume m'appelait. Guillaume avait besoin de moi. Guillaume ne pouvait pas se passer de moi. Guillaume était fou de moi. Je partis en plein délire !

8

C'ÉTAIT prévisible, Guillaume et consorts se sont bien plantés avec leur candidat. La mise en examen de Chavaux, sa détention, même provisoire, ont enfoncé un clou fatal dans le cercueil de leur ambition.

Première claque politique pour Guillaume qui retourne prestement sa veste. Simple erreur de candidat. Tout le monde peut se tromper. Ça fait ricaner. Il n'en a cure. Il paraît que c'est à cela qu'on reconnaît les bêtes politiques. À leur aplomb.

Moi, moins cyniquement, je pense qu'il rebondirait en toute circonstance parce qu'il a une mission. On méconnaît trop la tendance messianique du personnel politique.

Bref, aujourd'hui, Guillaume se colle un sourire à la super-glu avant de m'emmener à la garden-party de l'Élysée fêter le nouveau président. J'en profite pour liquider Delrieux.

Rien de tel qu'un contexte public pour régler un problème privé.

Je me suis fait une tête de tragédienne. Inquiet, Delrieux m'évite, évite surtout mon regard de sombre reproche jusqu'à ce que je le coince dans un couloir désert susceptible de ne pas le rester. Les yeux pleins de larmes, je trémolote que je n'en peux plus, que j'envisage une explication avec sa femme, il vaut mieux être honnête, j'ai honte du mensonge dans lequel nous nous perdons. Je suis bonne. Je suis très bonne. J'ai peur que Delrieux ne fasse dans sa culotte, ce grand bébé bronzé en cabine. Je l'achève d'un pathétique, « Car tu m'aimes, n'est-ce pas ? Dis-le-moi que tu m'aimes. » Plus c'est gros, plus ça marche...

Niqué et paniqué en même temps, le Delrieux.

Il me prend par le bras comme on saisit une grenade dégoupillée, il n'ose pas me regarder, sa voix trop rauque feint l'émotion, il est mauvais comme un goret, il ne sait comment m'avouer que... J'attends patiemment, tout en réprimant une envie de bâiller. Il cherche désespérément les mots qui tuent avec douceur...

On ne va pas non plus y passer la soirée, j'achève à sa place avec des sanglots étouffés : « Tu ne m'aimes plus. Voilà ce que tu n'arrives pas à me dire. Merci de ta franchise. Adieu Robert. » Et je vais me rincer au champagne pour fêter ça, ravie de ce lapsus de dernière minute. Je sais bien pourtant qu'il s'appelle Franck...

Le nouveau président annonce à Guillaume, avec un grand sourire, que pour lui, ce sera les mines de sel. On s'esclaffe, Guillaume le premier. Puis, le même président déclare que pour les jolies femmes, l'amnistie est de rigueur et me met pratiquement la main au cul. Guillaume en roterait presque de satisfaction. Il ne m'entend pas murmurer au président que nous ne sommes pas au salon de l'agriculture, et que ma croupe ne lui vaudra pas un suffrage.

Il rit et je me demande pourquoi certaines trouvent le pouvoir sexy.

Allez, Élisabeth, un peu de sincérité. La vieille blessure minable s'est rouverte. Jamais il ne se serait permis ce geste avec la première femme de Guillaume. Malgré mon phrasé pointu de grande bourgeoise chevronnée, personne n'est dupe. Je dois sentir le graillon.

Guillaume a la courtoisie de ne jamais me le rappeler, mais au temps de l'amour il fut le premier à corriger une tournure de phrase par ci, une terminaison roturière par là. C'est lui qui m'a appris à bannir le vulgarissime « Mince » de mon vocabulaire pour le remplacer par un « Merde » de meilleure tenue. Je me suis soumise, consternée de cette obéissance imbécile à des codes absurdes. J'ai tant voulu appartenir à leur monde.

Un ennui n'arrive jamais seul et le hasard n'a rien à voir là-dedans. Maintenant que mon mari n'est plus ministre, on ose me mêler à la pavane des profiteurs. Objet du litige : ma pauvre petite boîte de communication. Guillaume monte au créneau sans tarder. Sur le thème de la parité dont il réclame depuis longtemps qu'on ne laisse pas l'exclusivité à la gauche. Les femmes sont autonomes. Une femme de ministre n'a-t-elle pas le droit de poursuivre ses activités propres ?

Le mot, mal choisi, est repris dans les gazettes.

Autre argument de mon époux. On a vu des ministres épouser des journalistes. Un mélange des genres autrement trouble. Et toc.

Il m'épate même si ce n'est pas moi qu'il protège.

Je suis en chute vertigineuse. Donc, je ris de plus en plus fort. Chavaux a disparu depuis sa sortie de prison. Je n'ose plus toucher à mon argent, à l'argent, devrais-je dire.

Je tombe de tellement haut. Qu'allais-je faire sur

ces hauteurs ? Je suis tentée de participer au carnage. Manque de courage. On m'écraserait comme une petite blatte.

Donc, moi aussi, c'est profil bas.

J'habite un rêve cotonneux qui me balade de ci, de là, sans revêtir la moindre espèce d'importance puisque je vais me réveiller. C'est-à-dire mourir.

Je débloque. Et la question lancinante revient. Si Léo avait vécu, tout aurait-il été différent ? Il suffit que je prononce son nom pour replonger dans le deuil. Donc, j'efface.

Au fond, j'ai obtenu, réussi tout ce que j'avais entrepris et mes mains sont toujours vides. À se demander ce qu'est la vie et ce qui peut la justifier.

J'essaie un jeune attaché de presse pas décevant, à part cette eau de toilette dont il s'asperge à chacun de nos rendez-vous et qui me colle à la peau. Je suis obligée de passer sous la douche à peine rentrée chez moi. Guillaume s'en moquerait, mais on respecte les usages. J'ai bien pris le pli là aussi.

Nous couchons ensemble pour la troisième fois seulement. Nous sommes chez lui. J'aère en arrivant car son studio sent l'antre de célibataire, les vieux pets et la vaisselle sale. Jeune, on s'en émeut, on y met des qualificatifs poétiques, mais je n'ai jamais été jeune, alors... Sans me laisser à mes réflexions post-orgasmiques, il se lance dans une déclaration enflammée. Merde. Je ne lui donne pas un mois pour exiger que je quitte mon mari.

Je le laisse tomber illico, sans me donner la peine d'une mise en scène. Il est inoffensif. Il faut bouger.

Sophie ne va pas bien. Elle culpabilise comme une nonne défroquée et elle est surmenée. Je suis passée la voir dans son bureau chez Joliane. Le téléphone sonne toutes les trente secondes, elle assure comme une bête et même dans ce monde ultra-féminin des produits de beauté, bien que faisant partie des cadres de direction, elle est payée vingt pour cent de moins que ses collègues masculins.

Je lui ai dit que je l'aimais, je lui ai apporté un certificat médical ordonnant une semaine de repos et je l'emmène dans la Creuse. On va repeindre la cuisine. J'ai envie de couleurs.

J'achète des pots de pigments et, à la caisse, je suis abordée par un inconnu décharné au regard fiévreux, sauf que ce n'est pas un inconnu. C'est Chavaux.

Du coup, je l'embarque aussi à la campagne. Son copain également, Alain, qui a un goût exquis.

Guillaume est furieux. Comme un enfant il croit que je n'agis qu'en fonction de lui, en l'occurrence que je choie Chavaux au mieux pour l'agacer, au pire pour l'inquiéter.

Qu'il s'inquiète donc ! Au moins, c'est de l'émotion. Ça le change.

Il pleut tous les jours, c'est divin. Sophie a les joues roses et elle arrive enfin à faire démarrer le feu sans enfumer toute la pièce. Elle est fière comme si elle avait inventé la combustion.

Chavaux et son copain sont déchaînés. Ils ont encadré les fenêtres de rose thyrien et badigeonné un mur d'ocre foncé. Chavaux me houspille à longueur de journée parce qu'il paraîtrait que je peins salement. C'est vrai que mes cheveux ressemblent à une palette de peintre impressionniste. Je me rattrape au Scrabble où je les massacre tous les soirs.

Je n'ai aucune envie de rentrer.

Ce soir, Sophie est montée se coucher tôt. Depuis que je lui ai fait découvrir John le Carré, elle ne descend plus que pour les repas. J'hésite à lui dire que je sais pour Guillaume. J'ai peur de sa réaction. Et puis, elle y croit. Dieu sait ce qu'il lui a promis. Et quel sort il me réserve.

Antoine émerge de sa chambre avec une caméra vidéo. J'ai horreur de ça, mais il ne me laisse pas le temps de protester. Il n'a pas l'intention de faire de pathos et, du coup, il en fait : il va mourir à plus ou moins brève échéance et, malheureusement pour moi, je suis la seule personne à qui il ose se confier. Il m'annonce qu'une fois qu'il aura disparu, je serai libre de faire ce que je voudrai de la cassette que nous allons enregistrer.

J'ai enfin compris. Il ne veut pas me filmer, il veut que je le filme.

Je suis dans ma chambre, incapable de dormir. J'ai été la phalène attirée par la lumière qui allait la brûler, je me suis transformée en mouche du coche, mais je n'ai pas une âme de justicière. Il m'a collé un bâton de dynamite allumé dans les mains et je ne sais pas quoi en faire. Je ne lui en veux pas. J'aurais agi comme lui. Je ne comprends pas comment il s'est tu aussi longtemps.

La semaine de vacances est bien terminée.

9

GUILLAUME m'ouvrit lui-même la porte, il était en bras de chemise, les yeux creux. J'eus l'impression atroce qu'il ne me voyait même pas. Après deux heures à me badigeonner des produits que je vantais à longueur de pages. Deux heures pour lesquelles j'avais annulé un rendez-vous avec une rédactrice en chef. Deux heures à presque m'aimer de penser qu'il désirait me voir.

Ni bonjour, ni baiser, ni même toucher.

— Suis-moi.

Je le suivis effectivement dans la chambre d'Élisabeth qu'il avait mise sens dessus dessous. Il se plaça au centre, se tourna vers moi, achevant de s'embroussailler les cheveux de la main, lui le Valentino de la politique dont la crinière impeccable symbolise le grand fauve civilisé, et d'un geste large, englobant la pièce entière.

— Regarde-moi ça, je n'y comprends rien. Aucun ordre. Des papiers, des photos accumulées dans tous les coins. C'était ton amie, tu es une femme. Tu t'en sortiras sûrement mieux que moi.

Guillaume me connaissait mal. Je suis comme lui. C'est-à-dire le contraire d'Élisabeth. J'ai des dossiers pour tout, numérotés, classés par date. Chez moi, rien ne traîne. J'étais aussi effarée que lui. Je lui demandai quand même ce qu'il cherchait.

— Je ne sais même pas. Tiens.

Il me tendit une très belle feuille de papier orange sur laquelle les pattes de mouche d'Élisabeth s'agglutinaient, décentrées sur la gauche.

Ma plus belle déception,

En toute loyauté, t'avertir que ma personne doit t'être plus précieuse que jamais. Je devine tes noirs soupçons. Sache que s'il m'arrivait quoi que ce soit, ils seraient mieux que renforcés. J'ai de quoi faire exp(l)oser ta vie entière.

J'eus envie de rire.

— On reconnaît bien son style.

— Très drôle.

— Tu ne lui as pas demandé d'explications ?

— Pourquoi crois-tu que j'ai appelé comme ça dans la Creuse, au milieu de la nuit ?

Il m'engueulait presque.

— Mais pour l'instant, il ne s'est rien passé ?

— Pour l'instant.

— Je crois que tu t'inquiètes pour rien. Élisabeth était taquine, un peu perverse parfois, mais pas mauvaise. Jamais mauvaise. Et le ton, le papier orange, cela ressemble à un canular plus qu'à une menace.

Et si, en détruisant l'obstacle qu'elle représentait, j'avais nui à l'homme que j'aimais ? Il ne me le pardonnerait jamais.

J'insistai :

— Qu'est-ce que tu veux que je fasse à ce stade ? S'il y avait quelque chose à trouver, tu l'aurais déjà trouvé.

— Il ne fallait pas qu'elle meure. C'est la pire des choses qui pouvait arriver.

Alors que, depuis des mois, il me signifiait le contraire.

Plus tard, seulement, je m'interrogeai sur cette curieuse façon de poser le problème. Il ne fallait pas qu'elle meure. J'étais encore fort naïve.

J'étais assise dans l'univers d'Élisabeth, au cœur de son empire chatoyant, avec sa multitude de coussins en lamé, son lit rond, ses placards béant sur sa garde-robe de princesse saoudienne.

J'avais commis un crime en faisant disparaître une vraie princesse de contes, extravagante, inconséquente, précieuse dans un monde où le carcan de la correction nous enserre, déguisé en champion des libertés.

Comme pour mieux me punir, Guillaume choisit ce moment de culpabilité horrifiée pour me décrire, avec véhémence, ce qu'il avait affronté sur le rivage du lac où l'avaient mené deux gendarmes consternés :

— Elle avait le visage boursouflé, le corps difforme, les cheveux terreux, des hématomes marbraient sa peau livide, comme du caoutchouc épais, étiré jusqu'à la transparence. Et au milieu de la mort, la vie regagnait déjà du terrain, et ça grouillait à la lisière des paupières, des petits vers, des organismes minuscules qui devaient être en train de lui grignoter les globes.

Je lui demandai d'arrêter. Il me suivit dans le salon, continua, du même ton accusateur : des petits poissons, genre anguilles, quittaient sa carcasse en panique par tous ses orifices...

Je levai une main en forme de STOP et lui demandai d'un ton raisonnable, voire raisonneur, s'il ne croyait donc plus au suicide. Il répondit que j'étais la mieux placée pour répondre.

La vérité ne lui importait pas. Seules comptaient les conséquences. Pour lui. C'est pour cela qu'il s'acharnait. Si Élisabeth avait laissé une mine antipersonnel, il avait besoin d'un démineur. Plus je me sentirais coupable, ou redevable envers lui, plus volontiers j'obéirais au premier claquement de doigts. Il le savait bien.

Je chassai le souvenir des paroles d'Élisabeth sur Guillaume. Après tout, je le connaissais mieux qu'elle. Nous étions dans un rapport de confiance et d'intimité qu'elle n'avait jamais connu.

Il voulait que je réfléchisse, que je fasse remonter les souvenirs à tout prix. Ils étaient là, enfouis. Il n'avait pas de pendule à agiter devant mes yeux, mais sa démarche était du même tonneau.

Élisabeth m'avait forcément révélé quelque chose, insistait-il. J'étais, soi-disant, la seule personne avec qui elle parlait, parfois, pour peu qu'elle en fût capable, sincèrement. Je m'en étais assez vantée. L'heure était venue de le prouver.

Et puis, je lui devais bien ça. Après tout, c'est moi qui les avais présentés ! Mon Dieu, il me rendait responsable de son mariage...

J'eus beau lui dire que ces derniers temps elle était lassée de moi, méfiante, fatiguée, il n'en démordait pas, simplement parce qu'il ne pouvait pas envisager qu'il n'y ait aucune solution.

J'osai une question sur l'enterrement. Amis et adversaires politiques étaient prêts à se déplacer en nombre. Guillaume aurait préféré une petite cérémonie intime, mais ça aurait peut-être été mal interprété. Je l'avais rarement vu aussi déboussolé. Vulnérable, il m'était d'autant plus cher.

J'offris de nous préparer à manger et il me regarda comme si je lui proposais une fellation dans la vitrine des Galeries Lafayette, un jour de soldes. Voilà que je parlais comme Élisabeth.

Je refusais d'envisager les conséquences de mon acte sur sa vie car cela m'aurait obligé à considérer les mêmes perturbations dans la mienne. Ne pas accorder une place trop importante à Élisabeth. Aujourd'hui encore, c'est un problème.

Je rentrai chez moi, persuadée que les menaces qu'elle avait lancées n'avaient été que cela : des menaces pour lui pourrir la vie.

Je ne m'interrogeai pas sur ma propre bizarrerie. À aucun moment je n'avais demandé à Guillaume ce qu'il craignait. Aucune question sur la matérialité des faits, comme on dit dans les enquêtes judiciaires. J'envisageais presque de passer un savon à Élisabeth pour sa coupable légèreté.

Le jour viendra-t-il où je pourrai vraiment croire à sa mort ?

Dans le hall de mon immeuble, j'ouvris ma boîte aux lettres, sans penser que ma femme de ménage avait dû ramasser le courrier après le dernier passage du facteur. Je trouvai un paquet long et non oblitéré.

Mes nom, adresse et code étaient inscrits en lettres majuscules un peu tremblées. L'écriture d'Élisabeth, sans l'ombre d'un doute. Une pensée folle se formula enfin clairement : et si Guillaume avait identifié le corps d'une inconnue comme celui d'Élisabeth ?

Pourquoi avait-il éprouvé le besoin de me décrire son cadavre avec un tel luxe de détails ?

Élisabeth vivante, à la fois victime et témoin de ma

tentative d'assassinat, aurait tout pouvoir sur moi. Ma vie était fichue. Si, en plus, elle était de mèche avec Guillaume, même la fuite ne me mettrait pas à l'abri de leurs manigances.

Ironie du sort. Au moment où je me découvrais l'objet d'une diabolique manipulation, Élisabeth me passait le témoin radioactif qui avait provoqué sa perte.

10

Les hommes, mes hommes ne m'excitent plus du tout. Quel ennui ! J'en arrive à me demander si je n'ai pas désiré davantage leur désir que mon plaisir. Une autre définition du pouvoir. Du pouvoir masculin.

Je sors du lit de Delrieux. Lui ne couche pas avec moi, mais avec la femme du ministre. Moi, avec le diable. Tout ne serait-il que fantasme ? Et il se prend pour un fin manipulateur. Persuadé sans doute que j'épaule ses demandes par pure passion amoureuse. C'est d'une drôlerie irrésistible. Comment peut-il imaginer qu'entre mon compte luxembourgeois et lui j'hésiterais une seconde ?

Alors, ma petite Élisabeth, pourquoi encore coucher avec lui ?

Parce qu'au fond, je suis gentille. Je vais poliment attendre qu'il croie sincèrement souhaiter se débarrasser de moi. J'ai commencé ma campagne. Je l'appelle trop souvent, je le dérange. J'ai même téléphoné chez lui une fois. Il était terrorisé. Ces gros pontes manquent parfois de sang-froid, ce n'est pas croyable. On dit que sa femme a financé ses débuts professionnels. Un point commun supplémentaire entre lui et mon mari. Tout cela m'est égal.

Et puis, je devais bien prouver à Guillaume qu'il ne s'était pas trompé sur ma trompeuse personne. Quitte à être damnée, autant l'être pour une bonne raison.

Je les hais tous sans aucune douceur.

Sophie me manque, finalement. Insaisissable depuis quelque temps et quand saisie, insaisissable encore.

Et puis, ce matin, me réveillant exceptionnellement dans le lit de Guillaume après une frayeur nocturne, je tombe sur un petit anneau d'oreille que je reconnais aussitôt. Eh bien, voilà enfin l'explication attendue.

J'emmène Sophie au cinéma et soudain, je lui restitue le bijou. « C'est à toi, non ? » Elle change de visage. Dans son cas, c'est littéral. Sa peau se transforme en émeri verdâtre.

Je ne lui demande aucune explication. Je pratique le regard limpide et hypocrite depuis l'enfance... que ma meilleure amie ait perdu sa boucle d'oreille chez moi ne saurait m'alarmer. Elle louche presque de soulagement.

L'avantage est qu'entre Guillaume et moi, les choses sont claires. Et tant pis si cela me broie le cœur.

La question est : qu'attend-il d'elle ? Qu'elle lui serve de baume après l'acide qui gicle chaque fois que je le regarde ? Il ne craint rien pourtant, il ne se défait jamais de son masque d'acier trempé. Il n'a pas choisi ma meilleure amie par hasard. Le hasard n'existe pas pour Guillaume. S'il couche avec Sophie, lointaine cousine et meilleure amie de sa femme, c'est qu'il a besoin d'elle.

Tant que je n'aurai pas élucidé cette question, je resterai sur mes gardes. Elle est si naïve. Une martyre-née qui n'hésiterait pas à commettre un attentat suicide si on lui garantissait un hypothétique paradis.

Le métier de femme de ministre est devenu assommant, passé l'éphémère brillant des premières semaines. J'ai été à deux doigts de me faire prendre au piège. Tout devient facile, occuper les meilleures places au théâtre, se déplacer d'un claquement de doigts, obtenir sans attente l'interlocuteur souhaité. On est sollicité, c'est un vrai miracle cette multiplication des amis, quand on en est la victime.

Et puis Guillaume aime m'exhiber. Je suis une valeur ajoutée même pas taxée.

D'abord flattée, me voici écœurée. Vieille histoire.

Les garçons, eux, sont en pleine chauffe. Guillaume, Chavaux, Delrieux ont décidé de soutenir la candidature présidentielle du Premier ministre. Le fromage va être à leur mesure. Gigantesque. Puant.

L'ardoise gonfle. Tout coûte. Les déplacements, les buffets, les tentes, les manifestations, les affiches et puis le personnel. Abondant. Tout cela n'est plus de mon ressort.

Et à propos, comme par hasard, les premières rumeurs se répandent. Un journal a retrouvé un opéré rescapé qui témoigne que l'élargissement d'une artère bouchée grâce à un de nos petits ressorts a échoué. On ne l'avait pas prévenu que c'était expérimental. Lui s'en est sorti. D'autres en seraient morts.

On m'avait parlé d'accidents, pas de morts. À voir

les faits publiés, j'ai l'impression d'avoir tenu l'arme du crime.

Chavaux trouve que ce n'est pas le moment d'avoir des états d'âme. Depuis, ces très rares accrocs ont permis aux Américains d'améliorer leur système, aujourd'hui efficace à cent pour cent. Je le sais, non ?

Il est content parce qu'on ne peut pas remonter jusqu'à lui. Au pire, on dénichera quelques chirurgiens qui, pour trois ou quatre mille francs, se sont livrés à des opérations risquées certes, mais représentant le seul espoir de survie pour les patients. Pas de quoi fouetter un chat.

Il ne s'inquiète pas. Il a tort. Le voilà qui apparaît dans un portrait craché auquel ne manque que le nom.

Il s'affole. Il clame que tout est faux. On l'accuse pour faire tomber son candidat. Il ne se laissera pas faire.

Des lettres anonymes parviennent au cabinet d'un juge surnommé l'Incorruptible. Une enquête commence.

Chavaux coupe les ponts après m'avoir juré que je ne serai pas mise en cause. On ne peut pas savoir qui sont les ayant-droits de nos comptes. Je ne risque rien.

Des articles sortent sur le scandale des autorisations de mise sur le marché. Des choses que je sais de première main, des choses que je découvre. Comme ce vaccin américain qui n'a pas été validé pour laisser le temps aux chercheurs français de mettre le leur au point. Comme ces tests réalisés sur des jeunes pour un médicament pour vieux.

J'observe tout cela avec le détachement d'un laborantin examinant l'affolement de ses souris de laboratoire.

Les journalistes se gardent bien de dire qu'ils sont eux-mêmes manipulés. Quelques « ménages » grassement rémunérés font taire leur somnolente conscience professionnelle.

Sophie m'appelle. J'ai lu la presse ? Comment va Guillaume ? Je note au passage qu'elle n'a pas de nouvelles directes. L'enfoiré.

Je la rassure. Guillaume n'a utilisé aucun passe-droit. Un ministre seul ne peut pas décider de tout. Ils en ont vu d'autres. C'est un feu de paille. Elle regrette, mais un peu tard, de m'avoir présenté Chavaux. Je lui affirme que moi pas. Chavaux est devenu un ami. Beaucoup d'insinuations. Pas de preuves.

Je ne vois pas Guillaume ou si peu. Il n'a rien à me dire. Bon. Je sais pourtant que ça grenouille ferme.

Il me prévient du bout des lèvres, tout de même : il a reçu une note blanche, un de ces billets anonymes que les RG font parvenir aux ministres concernés pour les informer de ce qu'on appelait il n'y a pas si longtemps une inculpation.

Effectivement, Chavaux est mis en examen. Puis en prison. C'est sérieux. Il est même question de blanchiment d'argent. Et tout le monde le laisse tomber.

Je vais le voir à Fresnes. Il est malade. Sida déclaré. Toutes ces années il était séro-positif et je n'en ai rien su. Le juge l'a clairement prévenu : Vous ne sortirez pas tant que vous ne parlerez pas. Et ses « amis » lui disent : si tu te tais, on te sortira d'affaire.

En attendant, il a droit à un contrôle fiscal. Chacun choisit son camp.

Il se tait. Il fulmine, mais se tait. Je rencontre son

copain, le seul qui lui soit resté fidèle. Alain n'a pas trente ans, mais il en paraît seize. Un tout petit gabarit, frêle à côté de cette grosse masse de Chavaux. Ils sont manifestement amoureux. Cela m'émeut.

Chavaux ne veut plus me voir. Pour ma sécurité. Me remercie de ma fidélité. Je vois bien qu'il y soupçonne une arrière-pensée.

Guillaume joue les imbéciles, le seul rôle où il soit mauvais comme un cochon. Mes liens professionnels avec Chavaux étaient, bien sûr, inexistants ? s'enquiert-il avec une mauvaise foi confondante. Je ne joue pas les héroïnes en lui rendant visite en prison ? espère-t-il avec l'aplomb du maître. Et, d'ailleurs, il préférerait que je ne loue plus mes services à Delrieux, conclut-il avec sa condescendance congénitale. Il fait référence à ma boîte de communication, mais sa formulation délibérée ranime ma colère. Je lui ris au nez. Me croit-il soumise à ce point ?

L'absence de contrôle réel sur les mécanismes du marché français du médicament fait la une des journaux. Tout ce qu'ils prétendent découvrir n'a pourtant jamais été secret.

Les laboratoires financent l'information, la formation. Ils mentent comme des publicitaires. Et politiquement, quand ils veulent rappeler un ministre à l'ordre, ils lui font du chantage à l'emploi. Quel scandale !

Moi qui ne suis spécialiste de rien du tout, j'aurais pu leur écrire des articles mieux documentés depuis plusieurs années. Et rappeler également que la bible des médecins est, en réalité, un livre d'annonceurs publicitaires où l'on ne risque pas de trouver d'informations gênantes.

Je ranime la flamme déclinante de Delrieux, histoire de me dégoûter un peu plus.

Pour l'instant, il n'est pas question de financement politique occulte, mais Guillaume me regarde comme une ennemie personnelle. Sa mauvaise foi a dû le persuader que je l'avais entraîné malgré lui.

Et quand j'appelle Sophie, elle est constamment en rendez-vous. Il y a donc cachalot sous roche.

Je deviens parano. Je ne crains ni la presse ni les juges. J'ai peur de mon mari et de ma meilleure amie.

11

J'AI réussi à faire l'autruche quelques jours seulement. Ce que je n'avais pas vu ne pouvait m'affecter.

Le paquet non déballé restait dans son placard, sauf que je ne pensais qu'à lui dès que je rentrais chez moi, ma journée de travail chez Joliane terminée.

Après m'avoir convoquée, Guillaume n'a plus donné signe de vie. Mes messages laconiques, mais abondants, ne le bouleversaient pas. Enfin, pas comme je l'espérais puisqu'il y avait mis fin par un bref coup de fil : ce n'était pas le moment, il n'avait pas l'esprit à ça.

À défaut de lui manquer, je manquais de tact. J'avais fini par me persuader que j'avais agi pour lui, rien que pour lui, je ne voulais pas voir au-delà. Je ne suis pas folle. Un soir de laisser-aller, il m'avait confié qu'il ne pouvait pas divorcer d'Élisabeth parce qu'elle en savait trop long. Pas en ces termes. Guillaume parle en homme politique, phrases de traverse et interminables détours jusqu'à ce que son interlocuteur conclue à sa place. Ce que je m'étais empressée de faire. Demandant innocemment ce qu'Élisabeth pouvait bien savoir d'éventuellement compromettant pour lui.

Il avait abruptement changé de sujet par un : « Elle n'est pas de notre monde et ça... »

J'avais achevé à sa place dans ma tête... « en fait une femme dangereuse. »

Message reçu. Je n'avais pas insisté.

Et aujourd'hui, non seulement il ne me manifestait aucune reconnaissance, mais je semblais le gêner. Je raisonnais comme un tueur à gages qui aurait agi sans contrat.

Un reportage photo de *Paris Match* vint nourrir ma paranoïa. On y voyait Guillaume, l'air mélancolique, au bras de sa première femme, dans la propriété de Normandie de cette dernière. Guillaume de Gurson, abattu par ce qu'il pense être le suicide de sa femme, trouve un réconfort auprès de son alliée de toujours, Adeline de la Roche.

Je scrutais le visage de cette rivale inattendue. Je ne l'avais pas vue depuis longtemps. Cheveux blanchis, elle ne se teignait pas, visage fin et élégant, grande classe toujours, mais au-dessous du niveau de la mer sur l'échelle du sex-appeal. Le fond de l'affaire ? Guillaume avait bâti sa carrière sur la fortune de cette héritière discrète. Mon appartement, que je louais à Guillaume, devait en fait appartenir à Adeline. Je n'y avais jamais pensé.

Sans l'aplomb et la passion violentes d'une Élisabeth, ces liens-là ne se seraient jamais rompus. La preuve. Au premier coup de vent, Guillaume se réfugiait sous l'aile de sa protectrice légitime, laissant le souffle m'emporter.

Ce n'était peut-être qu'une tactique pour compenser la mort scandaleuse de sa femme.

Je savais qu'Élisabeth avait été autopsiée et j'aurais

voulu être invitée à la levée de corps que je n'aurais sans doute pas supportée. Je devenais un peu dingo. Toujours cette obsession de m'assurer que c'était bien elle, la morte.

Élisabeth fut enterrée un mardi à onze heures.

Dès six heures, j'étais en train de me maquiller outrageusement pour ressembler à une vivante, puis contemplant ma tête de cadavre embaumé par un artisan maladroit, je me démaquillai entièrement, ouvris le placard, déchiquetai l'emballage kraft. J'y trouvai une cassette VHS sans étiquette, et une enveloppe pleine de papiers que je mis de côté pour lire le mot qu'Élisabeth m'avait adressé, qu'Élisabeth avait rédigé à l'intention de sa meurtrière :

Mon amie,

Tu me connais assez pour savoir que la morbidité ne fait pas partie de mes attributs spontanés. Pourtant, je me sens environnée des ombres de la mort à venir. Et tant pis pour le mélodrame. J'ai plongé parmi les requins et découvert que je n'étais pas de force.

Je suis consciente de te laisser un cadeau empoisonné, mais j'ai beau chercher, je ne vois pas d'autre personne à qui léguer ces deux choses qui n'appartiennent qu'à moi.

La première est un compte au Luxembourg. Avec les éléments que je te donne, tu peux en vider le contenu quand tu voudras. La somme est considérable et j'ai joui longtemps de disposer d'un tel trésor de guerre. C'est le tonneau des Danaïdes à l'envers. On a beau dépenser sans compter, quand le tonneau reste toujours plein, on se lasse d'y puiser. Avec ton organisation mentale mieux structurée que la mienne, sans compter ton sens moral que je ne saurais comparer à rien dans ma nature, je me dis que tu sauras gérer cela. Peu t'importe comment j'ai amassé cet argent, cela ne devrait t'affecter en rien. C'est une affaire réglée depuis un bail.

La cassette, c'est différent. Quand tu l'auras visionnée, tu comprendras. J'ai connu ta liaison avec Guillaume avant toi, je crois. Je te demande pardon de ma vilaine discrétion. J'ai bien essayé de te mettre en garde, mais j'avais tort sans doute. Il est beau d'aimer même sans retour.

Tu seras tentée de la lui remettre et de le sauver, lui et quelques autres. C'est ton droit absolu. Mon hystérie m'a fait envisager tant d'usages que, finalement, je n'ai rien fait. Au fond, je m'en fous.

Vois-tu, Sophie, j'ai perdu mon moteur. Je ne sais vraiment plus pourquoi je vis.

Même toi que j'aime à ma façon, égoïste mais sincère, tu ne me renvoies plus un portrait assez flatteur pour que demain vaille de succéder à aujourd'hui. Au bout du compte, tu m'as rêvée plus que tu ne m'as envisagée, ce qui résume assez bien mon existence. Je t'en supplie, n'essaie pas d'être moi, c'est le malheur garanti.

Et crois-moi, je ne te souhaite que du bonheur. Je n'ai simplement jamais trouvé les mots pour te le dire. Élisabeth.

J'ai brûlé la lettre dans l'évier de ma cuisine. J'ai enfilé un tailleur noir. Je me suis discrètement maquillée. Je n'ai jeté qu'un bref coup d'œil au miroir, juste le temps de me faire peur, les traits durs, la mâchoire crispée, comme si je pouvais empêcher les mots d'Élisabeth de pénétrer.

L'enterrement a été atroce. J'avais mis des escarpins trop hauts et je n'arrêtai pas de me tordre la cheville. Je restai modestement parmi la troupe des nombreux invités. Le prêtre a susurré un discours interminable, qui m'a semblé scandaleux, « Notre sœur Élisabeth », et tout ce baume opiacé justificateur de l'injustifiable. À hurler. J'ai embrassé

Guillaume en vieille amie de la famille. J'ai eu l'impression qu'il ne me reconnaissait pas. Adeline était juste derrière avec leurs deux enfants devenus adultes. Nous avons tous incliné la tête comme des marionnettes.

Des cris de bête assourdis ont grondé dans mon ventre. C'était trop, trop d'injustice, trop d'incohérence. Répugnance. J'avais envie de m'échapper en courant. J'aurais dû mettre un voile tellement j'avais peur que tout dans ma physionomie ne me trahisse et, comme je regagnais ma voiture, un bras m'a encerclé l'épaule pour m'empêcher de tomber :

— Ça va aller ?

C'était Mangin.

Il me regarda bien en face pendant que mes yeux cherchaient désespérément à sortir de mon visage ou à y rentrer, m'annonça que je n'étais pas en état de conduire et m'emmena sans que je puisse résister dans un bistrot en face du cimetière.

— Vous n'allez pas au pince-fesses ?

Je secouai la tête, incapable de sortir un mot.

— Votre amie est morte noyée. Qu'elle se soit jetée elle-même dans le lac ou qu'elle y soit tombée par accident, il aurait suffi qu'il y ait quelqu'un pour la tirer hors de l'eau et elle s'en sortait. Ses poumons se sont remplis d'eau. Ça a dû prendre un peu de temps. Tout ce que l'on peut espérer c'est qu'elle n'avait plus conscience de ce qui lui arrivait. Une très belle femme. Une belle amie aussi ?

Je hochai la tête. Mes yeux se remplirent de larmes. J'avais subi une perte irréparable. J'étais dans un état de misère abjecte. Chaque mot de sa lettre était venu aiguiser un chagrin dont je niais l'intensité depuis quinze jours.

— Ça ne vous ennuie pas qu'on parle un peu d'elle ? Cela vous aidera aussi peut-être. Ah oui, le suicide est probable. Elle avait des cailloux pleins les poches de son ciré.

Je bus d'un trait le verre que le garçon avait déposé devant moi. C'était un cognac. Ça marche. Je repris conscience de mon environnement, des conversations en cours au bar, de la douceur du visage du flic adossé à sa chaise, détendu, ouvert. Je me passai la main devant les yeux, dus étaler un peu de mascara car, d'un doigt expert, Mangin gomma quelque chose sur l'angle extérieur de mon œil droit.

J'essayai de me concentrer sur ses paroles. Soit je devenais folle, soit il me tendait un piège. Vigilance.

— Vous l'avez rencontrée par votre cousin ?

Je fronçai les sourcils, incertaine.

— Guillaume de Gurson n'est pas votre cousin ?

— Éloigné. Nous appartenons à deux branches de la famille qui ont peu en commun. Non, c'est le contraire. C'est moi qui les ai présentés.

— Coup de foudre ?

— Un peu, oui. C'était compliqué. Guillaume est traditionaliste. Le divorce, pour lui, c'était...

— Pour sa carrière aussi, j'imagine. Votre amie a dû se montrer très persuasive. Elle était orpheline ?

— Oui. Elle parlait peu de son passé. Une mère riche et cinglée qu'elle ne voyait jamais. Je crois qu'elle a passé sa jeunesse en pension. Paris, pour elle, ç'a été l'apprentissage de la liberté.

— Ah ? Elle était donc riche ?

— En tout cas, elle n'a jamais compté, calculé, elle ne s'est jamais restreinte en rien.

— Contrairement à vous.
— Contrairement à moi.

J'avais dit ça sur un ton de miss la Vertu qui me faisait honte. Je sous-entendais a contrario qu'Élisabeth n'avait pu être blanc-bleu.

— Mais aujourd'hui, ça va ?

J'hésitais. Était-ce moi ou ses questions étaient-elles réellement à double tranchant ?

— Professionnellement, vous voulez dire ? Oui, ça va. Bien.
— Et vous ne vous êtes jamais mariée ?
— Je ne vois pas le rapport.
— Pardon, non, c'est ce côté amie de la famille, bonne copine, toujours là, mais un peu sacrifiée.
— C'est l'image que vous avez de moi ?
— Oui. Vous savez quelque chose n'est-ce pas ?

Je le regardai, interloquée. Puis je ris, un rire faux sans doute et pourtant relativement spontané.

— On sait tous quelque chose. Mais si vous cherchez un sombre secret concernant la mort d'Élisabeth, non.

Le fait de mentir tranquillement me remit d'aplomb. Il n'était pas si fin que ça avec ses révélations grossièrement inexactes.

Il fallait impérativement que je mange et je me voyais mal commander un saucisson-beurre devant lui. Pourtant mon appétit était si grand qu'il me donna le ton juste pour remercier Mangin, qui m'avait sortie de mon bouleversement catatonique, et le congédier dans le même mouvement. Je me sentais toute-puissante.

Il m'annonça d'ailleurs qu'il devait filer, comme si c'était sa décision à lui, les hommes seront toujours les hommes, et il me quitta sur un : « À bientôt » qui se voulait lourd de sens, mais me laissa de glace.

J'avalai deux gros sandwichs coup sur coup et, revigorée, commençai à envisager de jouer les Machiavel au petit pied.

J'avais pris ma journée.

Je rentrai chez moi. Guillaume m'appela. Il s'étonnait de ne pas me voir à la petite réunion familiale. Était-ce bien un flic avec lequel j'étais partie ? Qui me voulait quoi ? M'offrir un cognac ? Est-ce que j'étais ivre ?

Il avait une requête. Accepterais-je de trier et donner à une quelconque œuvre de charité les vêtements et les bijoux d'Élisabeth, en gardant bien sûr ce qui pourrait me faire plaisir ? Il ne voulait pas s'en charger. Affaire de femmes. Trop douloureux. Je consentis sur un ton sérieux et demandai en retour qu'il m'accorde bientôt un entretien, un entretien qu'il ne regretterait pas.

Je rigolai en raccrochant. Oui, j'étais provisoirement passée de l'autre côté de la raison pure.

J'avais brûlé la lettre, chaque mot était gravé en moi, mais je la recopiai, par précaution. Je dépliai soigneusement les couches de papier kraft que j'avais arrachées, les lissai et les posai en pile régulière avant d'examiner la cassette sur laquelle ne figurait aucune information.

Je sortis une liasse d'imprimés de l'enveloppe. Un nom de banque, un nom de ville, un nom de code et le relevé d'un compte dont je dus relire le montant plusieurs fois avant de réaliser ce qu'il représentait : dix-huit millions de francs suisses.

Il était clair que ce n'était pas de l'argent honnêtement gagné à la sueur du joli front de mon amie Élisabeth.

Tandis que j'insérais la cassette dans le magnétoscope, je réfléchissais à ce changement de la donne. En faisant de moi son héritière, Élisabeth fournissait un mobile évident à sa disparition et me désignait comme coupable potentielle. Or, il fallait bien que quelqu'un m'ait expédié ce paquet. Quelqu'un dont j'ignorais la relation avec Élisabeth, mais qui connaissait forcément le contenu de l'envoi.

Qui ?

12

Me voilà donc femme de ministre. J'ai le triomphe modeste, mais quand je pense que Guillaume avait fini par se persuader qu'il devait sa carrière à l'entregent d'Adeline cul serré et qu'on mesure son parcours depuis qu'il m'a rencontrée... petite revanche !

Il est heureux. Il doit s'empêcher de sourire, ce qui est d'une nouveauté étourdissante. Cela ne change rien à ma vie ordinaire sauf que je le vois encore moins qu'avant. Ce qui nous arrange l'un et l'autre. Chassez le hasard et il revient au grand galop.

Reste qu'il est assez content de m'exhiber aux premières ou aux dîners officiels. Il est sans cesse sollicité et, bien qu'intelligent, flatté de ce rayonnement qui ne durera qu'un temps. Dont il va se lasser. Je le sais aussi.

Je dois reconnaître qu'il travaille beaucoup. Pourtant, chacune de ses décisions, chacun de ses actes est effectué en vue d'un bénéfice personnel. Qu'importe l'ivresse, pourvu que le flacon soit bien visible.

Ah, son premier passage à la télévision ! Mieux qu'un jeu télévisé ! Il n'y a pas de repêchage. On passe bien, c'est gagné, on fera les émissions importantes, de longue durée. On passe mal, on ne sera plus invité. Nulle part. Mais Guillaume passe bien avec son physique de premier rôle et son sourire si humain. La Santé publique est son domaine de prédilection. Il affiche une réflexion qu'il dit ancienne sur ce domaine qui touche tant de monde. Et il est si simple, si benêt presque de bon sens qu'on en oublie sa particule. De la belle ouvrage.

Chavaux est ravi. Comment a-t-il pu deviner que Guillaume aurait la Santé ? Cela me dépasse. Beaucoup de choses me dépassent. Du temps de ma naïveté, je bricolais sous ma tente quelque chose que j'aurais appelé le bonheur. La tente s'est envolée et je me découvre rouage d'une organisation complexe où le bonheur est un vice de construction.

Sophie triomphe comme si elle avait hissé Guillaume au sommet de l'Éverest. Elle en est touchante. Elle affirme avec sérieux qu'il est un excellent ministre et mériterait un plus gros ministère.

Sur la première photo après le Conseil, c'est lui qui attire l'œil d'abord. Son beau visage franc et honnête, ce sourire chaleureux, sympathique. Il semble parfaitement inconscient de sa séduction. Moi qui le vois se préparer le matin, je pourrais témoigner du contraire. Sa vanité est sans bornes et il changera cinq fois de chemise s'il n'est pas parfaitement convaincu que la teinte, ce jour-là, éclaire au plus doux le grain de sa peau, fait ressortir au plus dense le bleu de ses yeux.

Il y a un hic. L'éclairage que je dirige sur lui m'éclaire pareillement. Alors, quand je crains de commencer à trop me mépriser, je tâche de me rappeler la première fois que je l'ai vu, incarnation de mon idéal, et j'essaie de susciter à nouveau en moi cette admiration naïve, ce sentiment pur, qui m'ont donné la force et le courage de m'envoler avec mes petites ailes trop courtes, pataudes, mal fixées, de bête qui a voulu faire l'ange avec des prothèses.

Je déjeune avec Sophie. Elle a entendu Guillaume à la radio ce matin. Sa voix passe très bien. Il était clair. Pas de langue de bois. Il va être de plus en plus populaire.

Ma foi, tant mieux. Moi, je dormais.

Elle penche la tête tout à coup.

— Tu n'as pas l'air ravie. Je ne te comprends pas. C'est tout ce que tu souhaitais, non ? C'est tout ce que tu lui souhaitais ?

Encore une fois, elle me prend pour elle.

— Oui, je suis très contente pour lui.

En vérité, je l'ai épousé en même temps que son ambition et il me semble que sa réussite passe par mon élimination. Pure parano ? Ou conscience aiguë d'un malentendu insoluble ?

J'organise un dîner avec trois P-DG de laboratoires officiellement concurrents, un Suisse et deux Français dont je sais qu'ils sont déjà en négociations pour fusionner. Qui avec qui reste en suspens. Le résultat par contre... ils se feront de la fausse concurrence avec des produits équivalents et monteront les prix.

Le dîner est très réussi. J'ai commandé un repas libanais et j'ai maintenant acquis assez d'aisance, je ne me lève plus spontanément pour aider à débarrasser la table.

Ce soir, chez moi, ça pue l'argent, une des rares odeurs que m'a épargnée mon enfance. La réussite, cravates rayées, costards sur mesure, montres Hermès, chevalières, les femmes uniformément en soie à fleurs, oui tout cela a une odeur finalement moins capiteuse que je n'imaginais. Je porte une robe moulante en jersey rouge, décolleté pigeonnant et mules brodées d'or. Je raconte mon premier stage d'étudiante dans un quotidien populaire où le hasard m'attribua pour mes débuts un fait divers sanglant, drame du sexe et de la misère, une prostituée occasionnelle rouée de coups et gisant inconsciente après avoir quand même réussi à défoncer le crâne de son client violent avec une poêle à frire. La tablée rit aux éclats devant cette scène de la misère ordinaire.

Je croise le regard de Guillaume. Soulagé ?

Au café, servi au salon, il me fait signe. Je le rejoins. Il tient à me présenter, plus... intimement, Franck Delrieux, président du syndicat de l'industrie pharmaceutique, un innovateur, un interlocuteur précieux. Nous devrions nous voir. Il me conseillerait utilement. Delrieux lorgne dans mon décolleté. Il serait ravi.

Je regarde Guillaume qui sourit, bon enfant, qui nous laisse faire plus ample connaissance. Je suis glacée. Image familière. Guillaume. François Peno. Salaud. Qu'est-ce que tu mijotes ?

Je souris à Delrieux. Bien sûr, déjeunons, la semaine prochaine. Il me donne son numéro de portable avec des airs de conspirateur.

Je survis jusqu'au départ du dernier invité.

Guillaume me félicite. Très réussi. Il m'attrape par la nuque. Je n'arrive pas à me rappeler. Comment était-ce autrefois ? Me touchait-il parfois juste pour me toucher, me sentir, pour la proximité, l'intimité ? Maintenant, c'est mécanique. Il me touche comme on dit : Alors ? On baise ?

Désolée, j'ai la migraine. Je me retire dans ma

chambre. J'ai envie de pleurer. Mon Dieu que c'est bête.

Je pense à ce gadget de farces et attrapes qui imite le bruit de la vaisselle cassée. Ici, c'est l'inverse. Pas le moindre frémissement d'air, mais ma vaisselle la plus précieuse, irremplaçable parce qu'unique, vient de se fracasser.

Chavaux fait salarier des conseillers techniques de Guillaume par deux gros labos concurrents. Comme ça, il a des lobbyistes sur place. Vu que les trois quarts des médicaments mis sur le marché aujourd'hui n'apportent rien de nouveau, ce sont le nom, l'emballage et surtout le soutien des médecins et pharmaciens qui font la différence.

Je continue pourtant. Poupée mécanique, je palpe, j'interfère, je lobbyinge. Je me renseigne aussi. Je tâche de comprendre où va la vie.

La consommation de tranquillisants dont la France détient le record mondial augmente régulièrement. Personne ne doit plus jamais dysfonctionner en rien. Les normes européennes s'appliqueront bientôt aux personnes. Virilité garantie, optimisme assuré, jeunesse prolongée... L'automédicamentation grimpe et arrange tout le monde, même quand on fait semblant de la déplorer.

Je travaille dur et je me dégoûte chaque jour davantage. Plaquettes sur le mécénat (fiscalement imbattable) de tel laboratoire, « reportage » sur les dons à l'Afrique de médicaments (périmés) par tel autre, conférence de presse sur le développement de la région Île-de-France. Ma boîte de communication est prospère. J'embauche du personnel.

Mais le vrai argent est au Luxembourg. Pour l'instant, je n'arrive pas à y toucher. J'ai pourtant un compte où n'aboutit que l'argent me revenant : Bête comme Élise. Chavaux me rembourse mes notes de frais et mon train de vie me semble déjà vertigineux. Qu'est-ce que je veux ?

Franck Delrieux est devenu mon amant occasionnel. Il est intelligent, cynique, ambitieux et... délicat. Enfin une bonne surprise. Ce qui m'étonne davantage, c'est qu'il semble avoir compris qui j'étais. Moi, je veux juste savoir pourquoi Guillaume m'a poussée dans ses bras.

Aujourd'hui, Delrieux attaque direct.

— As-tu un peu d'influence sur ton mari ?

— Ça dépend.

Pour une fois, il s'agit d'aller moins vite en besogne. Le produit dérivé d'une molécule miraculeuse dont l'effet à la fois cérébral, physique et sexuel, à défaut d'être aussi efficace qu'on le dit, n'a encore fait de mal à personne. Les pharmaciens peuvent produire eux-mêmes ce remède. Dans l'immédiat, Delrieux souhaiterait que cette situation perdure. Retarder l'autorisation de mise sur le marché de la RHOO, la molécule d'éternelle jeunesse qui, pour l'instant du moins, ne fait de mal à personne et se trouve déjà en vente libre aux États-Unis.

Je ne vois pas comment l'interdiction française pourrait se prolonger indéfiniment.

— Justement, il faut en profiter tant que les nations gardent une relative autonomie par rapport à l'Union européenne. Toutes les pharmacies ne sont pas florissantes. C'est une manière de les soutenir. Et puis, je pourrais t'obtenir des contrats avec des labos amis. C'est donnant, donnant. On peut même envisager de t'ouvrir un compte numéroté.

— Merci, ça, j'ai déjà. Mais pourquoi n'en parles-tu pas à Guillaume directement ? Vous vous connaissez.

Delrieux me tapote la tête et me donne envie de lui éclater la sienne.

— Allons, nous devons pouvoir dire, en toute franchise, que nous n'avons jamais évoqué ces questions ensemble. Tu peux comprendre.

— Pourquoi te sens-tu obligé de coucher avec moi ?

— Cette question ! Interroge ton miroir.

Oui, un garçon très délicat. Et menteur comme un arracheur de dents. Je sais qu'il plaide en réalité pour le fournisseur de matière première à dix mille francs français le kilo.

Je rends compte à Chavaux. Il veut en être. Il veut rencontrer Delrieux. Il commence à délirer. Il veut faire élire le futur président de la République. Là seulement, il sera à l'abri de tout et tiendra les rênes fermement en main. Il s'agit simplement de dévier un peu les circuits de l'argent pour qu'ils atterrissent dans la même bourse. Ce grand enfant joue au train électrique. Nous sommes dirigés par des enfants joueurs.

Et moi ? Je suis le jouet de qui ?

13

CHÂTEAU de Pimpérigeas, bureau du premier étage. J'ai reconnu le lieu grâce au fauteuil défoncé, charitablement chiné par Élisabeth dans un vide-grenier misérable. Chavaux y est installé. Il regarde fixement l'objectif, l'œil fiévreux. Il fait des nœuds avec ses doigts. Mal rasé, en tee-shirt froissé, décharné...

Élisabeth tient la caméra. J'ai aperçu un bout de sa robe rouge en reflet dans la vitre. Quand l'image bougeait encore. Pendant la prise d'essai.

Chavaux parle sérieux. Le cadre tangue. Il va raconter son histoire dans l'ordre chronologique. S'il n'est pas clair, Élisabeth peut l'interrompre.

J'ai compris qu'elle aurait dû revenir à zéro, effaçant le bout d'essai, mais qu'elle ne l'a pas fait. Élisabeth et les machines...

Où étais-je pendant ce temps ? Enfermée dans ma chambre à lire John Le Carré, mon occupation principale lors de cet étrange séjour avec Élisabeth qui voulait à tout prix faire amie-amie, à nouveau amie, Chavaux, qui ressemblait à un cadavre ambulant, hyperactif en dépit de sa faiblesse et son copain qui jouait les boute-en-train à vous faire pleurer de chagrin.

Donc, Chavaux raconte comment il a été chargé de mission, autrefois, par le président de la région Île-de-France, actuel président de la République. Sa mission ? Contacter de grosses entreprises — informatique, bâtiment, supermarchés... — à même de solliciter des marchés ou des autorisations précieuses de mairies, de préfets, de ministres, etc. On leur assurait des réponses favorables en échange de commissions, dons, services divers au parti du président de la région. Et ceci, bien sûr, après la loi sur le financement des partis.

C'était un travail plus délicat qu'on n'aurait pu penser car il fallait s'assurer que dans le même domaine ce ne soit pas toujours la même société qui obtienne le marché convoité. Les apparences devaient donner l'illusion d'appels d'offres ouvrant le jeu de la concurrence.

Chavaux avait organisé l'affaire, puis passé le relais à un homme qu'il avait formé et qui avait, lui, un poste officiel : conseiller aux finances de la région, autrement dit, fusible.

Une brouille, sur laquelle il ne s'étendait pas, avec le président de région l'avait amené à changer de terrain et à s'intéresser au marché du médicament dont les débouchés dépassaient les frontières hexagonales tout en exigeant une solide connaissance des mécanismes de décision dans notre pays.

Il parlait en détail de la violente concurrence entre un laboratoire japonais, un laboratoire américain et un laboratoire européen travaillant simultanément sur l'impuissance masculine et comment lui, Chavaux, avait réussi à imposer le Védiol japonais que les Asiatiques eux-mêmes répugnaient à mettre sur leur propre marché pour cause d'effets secondaires encore mal maîtrisés.

Il citait l'inefficacité des veinotoniques, rappelait que les laboratoires représentaient un pouvoir financier considérable, autour de vingt pour cent du produit national brut et que les formations politiques, de droite comme de gauche, avaient besoin de davantage d'argent à chaque élection, vu l'importance prise par la communication de masse.

La partie la plus délicate de sa démonstration, autrement dit, la boue qui risquait d'éclabousser du monde, tenait dans la description détaillée d'un accord passé entre partis de majorité et partis d'opposition pour se partager la manne des financements illicites reposant sur des décisions politiques.

Une brillante idée née dans le brillant cerveau de l'interlocuteur privilégié de Chavaux pour les questions de médicaments, mis ou non sur le marché, Guillaume de Gurson, accessoirement adjoint aux finances de son parti.

Ainsi, quelle que soit la majorité aux affaires, droite et gauche étant, de fait, complices, aucun parti ne pouvait dénoncer l'autre. Malin, très malin... Jusqu'à la lutte fratricide entre le candidat historique de la droite et son bon ami le traître qu'une cour obséquieuse avait persuadé qu'il serait meilleur candidat. Les deux alliés d'antan entamant une lutte à mort, tous les coups, prohibés hier, étaient soudain permis.

Chavaux soupçonnait le président élu de lui avoir fait payer sa « trahison » en soutenant le candidat auto-proclamé. Il se vengeait donc. Et désignait Guillaume comme l'ordonnateur de ses basses œuvres... parce qu'il l'avait laissé croupir en prison ?

Je me rappelais les premières lettres anonymes alertant les juges, le début de l'instruction, ma peur pour Guillaume, l'insouciance d'Élisabeth. Je me rappelais les silences de Chavaux. Mis en examen, il s'était tu. Condamné, il s'était tu.

Ses « amis » avaient dû promettre de s'occuper de lui. Ou peut-être craignait-il tout simplement pour sa sécurité.

La vérité est que tous l'avaient lâché, d'où cette confession qu'il savait posthume car, une fois la maladie déclarée, le sida ne lui donnerait pas une seconde chance.

Là aussi, je m'étonnais. Pourquoi n'avait-il pas utilisé ce qu'il savait ? Il n'avait rien à perdre. Pourquoi s'être défaussé sur Élisabeth qui s'était ensuite défaussée sur moi ?

Et chacun avant de mourir, pensai-je finement, comme si leurs deux cas étaient comparables.

Je n'étais pas choquée. Élisabeth avait dû l'être beaucoup plus que moi.

Depuis le temps que je travaillais dans une des entreprises les plus performantes du pays, on aurait pu tapisser le Louvre avec mes illusions perdues. La politique et les affaires, question mœurs, c'est pragmatisme et arrangements. Même dans les cosmétiques, mon champ de bataille personnel, les pots-de-vin sont l'arme de base : pour ouvrir les portes, pour passer les frontières, pour débaucher des chercheurs, pour s'ouvrir des marchés étrangers.

Élisabeth, la naïve qui jouait les dessalées, avait dû tomber de haut. Ou plutôt c'est la statue de Guillaume qui avait dû dégringoler des hauteurs où elle l'avait juchée.

Mais le pire pour elle avait dû être la fin de Chavaux. Un homme malade lâché par tous ceux à qui il avait sauvé la peau. Elle n'avait pas eu besoin d'une longue réflexion pour se dire que la sienne était drôlement exposée.

Je m'expliquais mieux son besoin de le soutenir jusqu'au bout. Je repensais à cet homme puissant, incontournable, réduit à la fin de sa vie à se confier à une femme qui ne lui était, somme toute, pas grand-chose.

Je comprenais enfin l'allusion à cette bombe qu'il aurait été tentant de faire péter. Finalement, elle ne l'avait pas utilisée. Et m'avait refilé le paquet. Pourquoi ?

J'avais envie de lui crier que j'étais bien la dernière personne à qui faire confiance puisque je l'avais tuée. À moins qu'il ne s'agisse d'un pied de nez posthume. Elle me mettait en danger. Elle me punissait par avance pour un meurtre qu'elle ne savait pas que j'allais commettre. Il y avait de quoi devenir cinglée.

Première étape, me débarrasser provisoirement de la bombe, c'est-à-dire planquer la cassette.

J'appelai chez Guillaume, tombai sur la domestique qui me dit que je pouvais venir quand je voulais. Elle avait laissé la chambre de Madame en l'état, et monsieur de Gurson lui avait demandé de se mettre à ma disposition quand je viendrais faire des rangements.

Ce service promis m'était complètement sorti de la tête, mais il tombait à pic.

Avant de partir, je téléphonai à Delrieux et obtins de lui parler directement dès que j'eus prononcé le nom d'Élisabeth. Après les bla-bla en forme de condoléances, je lui demandai s'il était arrivé à Élisabeth de lui rendre des services.

Il dit que oui, bien sûr, en faisant semblant de ne

pas comprendre le vrai sens de la question. Je précisai : avait-elle été une employée rémunérée de son groupe ?

Il s'étonna de mes questions, voulut savoir où je voulais en venir au juste et m'accorda un rendez-vous sans que je l'aie vraiment sollicité, après m'avoir gentiment précisé que ses petits laboratoires de recherche ne représentaient pas, hélas, ce qu'on appelle un groupe.

J'appelai ensuite les anciens bureaux d'Élisabeth. Une voix enregistrée annonçait la fin des activités et proposait de laisser un message en cas d'affaire à conclure.

Je dissimulai au mieux les papiers du compte bancaire luxembourgeois. Je ne toucherais pas à cet argent tant que je n'en saurais pas l'origine. Élisabeth aurait pu s'en douter.

Mon premier but : comprendre le rôle d'Élisabeth, comprendre en quoi l'homme puissant qu'était Chavaux avait eu besoin de cette alliée-là et décider... de l'usage de la cassette et de cet argent. L'un et l'autre me semblaient dangereux.

J'enfournai la cassette au milieu d'autres dans un cabas et filai chez Guillaume.

Je déteste cet appartement et Élisabeth le détestait encore plus. Une petite cour en arc de cercle couverte de graviers, cernée de quelques buissons maigrichons le long des murs, donne accès à un hôtel particulier XVIIIᵉ, quatre mètres de hauteur sous plafond, meubles de style et de famille au petit point, que notre époque moderne a divisé en appartements : un par étage. Ç'avait été la demeure d'Adeline et de Guillaume, ce fut celle d'Élisabeth et de Guillaume. Et moi ?

Je me retrouvais pour la seconde fois dans la seule pièce où Élisabeth avait pu laisser sa marque. Une salle de bains commune la séparait de la chambre de Guillaume. Ici on respirait vraiment l'Élisabeth, ce parfum mêlant si intimement des senteurs familières et exotiques qu'on n'en décelait bientôt plus l'origine. Elle y avait fait bâtir un dressing immense en cèdre avec un miroir à trois faces au centre. Son grand lit rond évoquait à la fois le sofa de courtisane et le lit d'enfant. Contre les murs, on trouvait un secrétaire ouvragé, une commode rustique, une coiffeuse 1950, un fauteuil confortable et des coffres, ses coffres à merveilles.

J'attendis d'être seule pour retourner en cuisine demander un café que j'allais attendre dans le fumoir où se trouvait la télévision. Plusieurs étagères remplies de cassettes diverses garnissaient un mur. J'y dissimulais la mienne sous le titre *M le Maudit*. Guillaume ne regardait que les infos, jamais de cassette. Je me dis qu'elle serait à l'abri ici mieux qu'ailleurs sans m'inquiéter une seconde des conséquences possibles pour Guillaume. Comment s'inquiéter pour un homme qui, tels les chats sur leurs pattes, retombe toujours sur ses pieds ?

En retrouvant le capharnaüm d'Élisabeth, il me sembla officier à son deuxième enterrement. Je ne sais si les objets ont une âme, mais les possessions d'un mort ont un parfum passé, les vêtements eux-mêmes semblent avoir perdu leur destination, n'être plus que des oripeaux insensés.

J'examinai rapidement la boîte à dossiers sous le secrétaire. Tout y avait été jeté en vrac, mais, heureusement, par catégorie, ce qui me permit de vérifier son compte bancaire français dont les relevés indiquaient une femme gâtée, mais sans excès. Guillaume lui virait régulièrement de l'argent, pas toujours la même somme, ce qui sous-entendait des négociations toujours renouvelées.

Je ne trouvai pas son ordinateur portable resté sans doute à la campagne, mais j'embarquai les clés de ses bureaux parisiens sans me poser de questions.

Puis je feuilletai une liasse de lettres remontant à plus de vingt ans. Elles étaient écrites par une femme qui adressait à Élisabeth un compte rendu hebdomadaire de l'état de santé physique et morale de sa mère. Elles étaient rédigées avec simplicité et gentillesse. Je les parcourus, déterminée à les emporter également et compris rapidement que la mère d'Élisabeth avait eu un problème sérieux avec l'alcool. Elle ne m'en avait jamais touché mot.

Ce courrier correspondait à des années où elle disparaissait soudain rejoindre sa mère, disait-elle, sur un yacht ou dans quelque palace du bord du Nil et j'avais tout gobé, alors qu'en réalité elle allait en Bretagne visiter une femme quasi invalide et sa garde-malade.

Un besoin de se protéger de la réalité, de se protéger de ma compassion ?

Pourquoi m'avoir menti ?

Je revis ce rendez-vous improvisé qu'Élisabeth m'avait fixé au Boul'Mich. Juste avant qu'on parte pour la Creuse. Je la cherchai des yeux et soudain je la vis, me guettant sans se manifester.

Nous avions vécu la même situation vingt ans auparavant. Ce rendez-vous était comme un flash-back venu éclairer la lanterne du spectateur demeuré. Moi.

Pourquoi ne pas l'avoir mise au pied du mur

alors ? Parce que c'était trop énorme ? Parce que j'avais peur des réponses ? Est-ce que la mort s'obstine à susciter des questions en rafales qui ne trouveront jamais de réponses ?

Une dissimulation qui signifiait quoi ? Qu'Élisabeth m'avait toujours caché la part la plus intime de sa vie ? Que nous ne partagions rien de privé, de précieux ?

Mais alors, qu'avais-je été pour elle ?

Nous pouvions autrefois discuter avec véhémence d'un roman sur lequel nous avions des opinions divergentes. Nous ne nous étions pas adressé la parole pendant des jours après avoir différé dans notre appréciation d'un film narcissique, nul à chier, selon elle, de recherche, essentiel, défricheur, selon moi. Notre amitié s'était aussi nourrie de nos passions, puis, elle avait tiédi. Peut-être évitions-nous les remous des débats et désaccords parce que notre vraie divergence était autrement vitale... Mais Élisabeth n'aimait plus Guillaume, si elle l'avait jamais aimé, et moi-même...

La tentation me vint dès que j'eus réouvert la porte à double battant du dressing. Seule une aveugle aurait pu ne pas voir Élisabeth grimper au fil des années à l'échelle des marques. J'avais attribué cela à son statut de femme de ministre. Sans doute les couturiers lui prêtaient-ils quelques vêtements mais là, le luxe débordait des cintres, une dizaine de manteaux, plusieurs imperméables, pantalons, robes du soir, robes habillées, robes de tous les jours et des chaussures rangées dans leurs boîtes avec un petit Polaroïd permettant de connaître le contenu d'un coup d'œil.

Je possède quatre tenues de travail interchangeables. Je ne suis pas frivole. Élisabeth l'était pour deux.

Ce fut irrépressible. J'allai fermer la porte de la chambre à clé et me déshabillai pour essayer un costume-pantalon de coupe 1930 que je ne l'avais jamais vue porter. Il était parfait.

Je suis plus grande, plus costaude, mais bâtie de telle sorte que, curieusement, nous avons toujours pu échanger nos fringues. Cela n'avait pas changé. Étudiantes, nous nous prêtions nos vêtements, en possédant fort peu, nous en volions aussi de temps en temps et les mettions en commun. Mais nous ne les portions pas de la même façon. Certes sa beauté enjolivait tout ce qu'elle enfilait mais, en dépit de mon physique banal, j'« enlevais » la robe la plus simple beaucoup mieux qu'elle. J'avais ce qu'on appelle une élégance naturelle, alors que son fumet de vulgarité devait être compensé par des audaces calculées.

Nous le savions l'une et l'autre, mais n'en parlions jamais.

Je me dis qu'après tout elle avait fait de moi son héritière et, sans vraiment hésiter, j'appelai mon bureau pour que ma secrétaire organise le déménagement des malles jusque chez moi. Vite, je remis ma tenue de travail. Coupable ?

Sans doute savais-je déjà, alors, que jamais je ne partagerais cet appartement avec Guillaume, que jamais je ne prendrais la place d'Élisabeth.

J'ignore encore ce que le retour de Guillaume dans son appartement désert eut de délibéré ou d'impromptu.

Je n'avais réellement pas vu le temps passer. Pliant, rangeant, jetant, répartissant les vêtements. Triant les papiers dont je gardais certains pour les examiner, comme la liste de ses communications dont elle recevait le détail.

C'est vrai, j'avais allumé les lumières, il faisait sombre tôt après tout, mais ce n'était, en aucune façon, un signal adressé à Guillaume. Je ne pensais même pas à lui.

La chambre d'Élisabeth était presque redevenue neutre. Désertée par son fantôme, c'était sûr. On frappa à la porte. Je sursautai et allai l'ouvrir. Il entra. Étonné ? Peut-être.

— Tu es là ? demanda-t-il d'un air de surprise. Oh, merci ! Pas trop pénible ? Tu viens grignoter un morceau ? Rita a laissé un frichti dans la cuisine.

Il était étonnamment guilleret. Cela me sembla alarmant.

Pourquoi ne lui ai-je pas parlé de la cassette ? Pourquoi dès le moment où je l'ai visionnée, ai-je décidé de ne pas la lui remettre ? Plaisir d'avoir un levier entre les mains ?

— Tu avais des choses à me dire ? interrogea-t-il au bout d'un moment. À propos d'Élisabeth, de ses menaces ?

— Finalement, il ne s'est rien passé.

— De visible, mais cela me tracasse.

— Dis-moi donc quoi.

— Oh non ! Je ne veux pas ennuyer cette charmante tête avec des histoires sordides.

On sait certaines choses. Par exemple, je sais que ma tête n'est pas charmante.

— Ah, sordides, quand même ! Et comment va Adeline ?

J'adore. Quand on aime les gens, on les connaît si bien. Il affecta un air sérieux pour bien me prouver qu'il me parlait sincèrement, qu'il n'allait pas affecter une légèreté factice. Une manière de me signifier que je n'avais pas de souci à me faire, que mon statut auprès de lui restait exceptionnel... S'il n'avait pas parlé de cette charmante tête, je l'aurais sans doute cru.

— Elle a été admirable. Elle m'a montré quelle amie elle était pour moi. Et en plus, avec tact, publiquement, ce qui m'aide considérablement. Mais, toi, parle-moi de toi...

Je n'éclatai pas de rire, mais le cœur y était. Guillaume ne m'avait jamais au grand jamais interrogée sur ce qui pouvait me concerner directement. Sauf si cela pouvait le toucher par ricochet.

Son instinct lui laissait entendre que je possédais une arme, je le sais maintenant. Moi, je me laissai séduire sans déplaisir. Parce que je pouvais faire semblant d'y croire encore un peu. Faire semblant que j'avais bien fait de tuer ! Quelle honte !

C'était étrange. Son désir m'aidait à exister bien que je n'en sois plus totalement la dupe. Quelque chose d'Élisabeth était descendu en moi.

Au petit matin, je rassemblai mes vêtements dans le noir, lui effleurai le bras tandis qu'il se retournait lourdement, enfilai une gabardine d'Élisabeth attrapée au passage et, comme je franchissais le portail automatique de sa maison et m'engageais à gauche dans sa rue, une silhouette surgit devant mes phares, me causant une frayeur indécise. J'étais prête à redémarrer en vitesse et puis je reconnus Mangin. Et je freinai.

14

Je ressemble à une actrice américaine. Je porte une jupe longue plissée, un débardeur de soie et une veste satin et soie, grège. Un petit chapeau cloche 1920 et un bouquet d'orchidées. Je m'achève au bâton de rouge et fais claquer mes lèvres rentrées l'une contre l'autre. C'est le plus beau jour de ma vie. J'ai mis dix ans à l'obtenir. Il m'a fallu utiliser beaucoup de maquillage camouflage car j'ai les yeux cernés et l'œil un peu battu. Je les ignore. Je refuse de reconnaître l'angoisse presque panique qui me fait le souffle court. J'ai vingt-sept ans et je suis vieille de trop de vie.

Sophie a une tête atroce. Sophie mon témoin. Un faux témoignage, pour parler clair puisqu'elle se porte garante d'une personne qui n'est qu'une fraude de bout en bout. Soi-disant orpheline. N'ayant pas de génitrice présentable pour la cérémonie, j'ai déclaré ma mère morte il y a un mois. Plus de famille. Seule au monde. Pardon maman.

Sophie était bouleversée. Surtout quand j'ai annoncé que j'étais déshéritée. J'ai pu faire semblant d'être riche, je ne peux pas donner l'illusion d'être super-riche. Désolée, Sophie, du passé, j'ai décidé de faire table rase, le plus vieux mirage de l'homme.

Les enfants de Guillaume ne sont pas venus. C'est de bonne guerre.

La presse a été discrète. Guillaume est soulagé. Le divorce a été prononcé par consentement mutuel. Nous sommes entre gens bien élevés. Pas moi, mais je marque une trêve. Que Guillaume ne sache jamais comment j'ai obtenu son divorce. Ma vie deviendrait un enfer.

Nous déjeunons dans un excellent restaurant de poisson. Pas de lune de miel. Nous sommes de vieux amants avec un petit cadavre entre nous. Jamais je ne cesserai d'ouvrir le placard où nous l'avons enfoui.

Guillaume est retourné à ses affaires. Je suis seule dans le somptueux appartement qui me repousse comme une tache de gras. Je l'ai rempli de bouquets de fleurs. J'ouvre grand les fenêtres pour chasser les effluves entêtants. Je m'ennuie déjà.

J'appelle Sophie. Elle a la migraine.

Le téléphone sonne. C'est Adeline, l'ex-femme de Guillaume :

— Je vous souhaite le bonheur que vous méritez.

Et elle raccroche. Je ne peux pas lui en vouloir. Elle ne sait rien. Elle ne sait pas d'où je viens. J'enlève ma tenue de princesse et je me pelotonne sur mon grand lit dans ma chambre. Nous faisons chambre à part. Je suis chez les riches. Enfin.

Je m'endors.

J'ai organisé un dîner de fête surprise pour Guillaume avec quelques copains frivoles. Il m'appelle pour m'annoncer qu'il rentre dîner avec un de ses amis, député de gauche. J'ai appris à ne plus m'étonner de ces ententes que je croyais contre nature. Plus on est de fous, plus on rit? Erreur. Le dîner est sinistre. Guillaume n'aime pas les surprises. Il parle par monosyllabes. Je m'épuise à détendre l'atmosphère. Tout le monde est mal à l'aise. Drôles de jeunes mariés. Guillaume s'enferme dans son bureau avec son ami. Les miens s'en vont. Je m'installe dans le petit salon télévision et je zappe jusqu'au départ du député.

Mon mari tout neuf m'invite à le rejoindre dans sa chambre. Sa veste gît devant la porte exactement là où il l'a enlevée et laissée tomber.

Il me déshabille. Je le déboutonne. Cela au moins n'a pas changé. Le jeu du je te tiens, tu me tiens par le désir. Égalité. Je le trouve aussi bandant que Crésus. Mon corps est mort pour la deuxième fois. Un effet secondaire du mariage?

Après, je lui présente mes excuses pour le dîner raté. Il abonde dans mon sens, ce qui m'irrite. Je dois éviter ce genre d'initiatives, insiste-t-il.

Je me tais tandis qu'il s'endort, sur le dos, les bras en croix et ronfle. Il n'existe plus un souffle d'amour en moi pour lui et nous voilà mariés. Pourquoi tout cela me semble-t-il tellement logique?

Je me demande ce que je vais bien pouvoir faire de demain et après-demain et... je continue de toucher mon salaire au Luxembourg quoique mon entreprise soit en sommeil.

Notre vie est très organisée. Nous sortons trois fois par semaine et recevons au moins une fois. J'apprends à devenir une maîtresse de maison. L'intendance suit. Comme elle peut! Guillaume ne m'aide pas. Pour lui, une femme sait ces choses-là. Je dois faire appel à Sophie qui devient ma conseillère en mondanités. Organiser un plan de table, faire les présentations, regrouper les femmes après dîner. Le petit côté bohème de mes dîners pour Chavaux n'est plus de saison. J'ai un rang à tenir.

Mais je dois aussi maintenir une apparence de spontanéité, voire d'insolence. Le grand bourgeois un peu guindé a rajeuni en épousant une femme différente. Et séduisante. Il aimerait faire oublier nos presque vingt ans de différence.

Je possède un compte bancaire personnel et nous avons un compte commun pour les dépenses du ménage dont il a la charge. Il n'est pas très riche. Adeline avait l'argent. Je ne saurai sans doute jamais comment les choses se sont passées entre eux. Une chose est sûre : elle ne m'a pas trahie.

Publiquement il me présente comme un propriétaire comblé. Dès que nous avons franchi la porte de son appartement, son regard s'éteint. Notre plaisir d'antan, subtilement, a évolué. Son plaisir est devenu la loi.

Je vis dans un appartement grandiose et figé dont je n'ose bouger le moindre meuble. Je fréquente des gens avec lesquels les rapports sont de pure façade. Je ne sais plus qui je suis.

Je passe un dimanche avec Sophie. Nous allons au cinéma. Nous nous gavons de gâteaux. Je lui demande conseil.

Elle me regarde, sourcils froncés. Elle est écœurée. Je suis une enfant gâtée. Je n'ai jamais eu besoin de travailler. Contrairement à elle, c'est le sous-entendu. D'une certaine façon, je peux considérer que j'ai maintenant un boulot. Et plutôt très bien rémunéré. Elle parle de mon boulot de femme de Guillaume !

Par ailleurs, rien ne m'empêche de réactiver mon entreprise de communication. J'ai de plus en plus de relations. Et la communication, ce n'est que ça.

Et les enfants ? Maintenant que la situation est clarifiée. Pourquoi ne pas réessayer ?

Non, c'est ma seule certitude. Un bébé serait une insulte faite à Léo. Cela, elle ne peut pas le comprendre.

J'aimerais faire la paix avec les enfants de Guillaume, Serge, dix-huit ans et Émilie, quinze ans. Pour eux, je suis sincèrement désolée. Ils viennent un week-end sur deux, mais je suis exclue. Guillaume les emmène dîner sans moi. Ils me disent bonjour et au revoir et je m'efface. Je trouve des choses à faire ailleurs.

Bon sang ne saurait mentir. J'ai craqué. Je ne me cherche pas d'excuses même si je me sentais particulièrement rejetée ce samedi-là où Guillaume s'est rendu à la communion solennelle de son filleul, à laquelle assistaient Adeline et les enfants et où il était plus convenable que je ne pointe pas le bout de mon sein.

Je suis partie draguer au jardin du Luxembourg. Et j'ai croisé Michel Pons, le patron de Sophie. On s'était déjà rencontrés. Avec Sophie, il y a longtemps. J'ai vu son regard chercher dans sa mémoire. Il me suffisait de nommer Sophie, de parler de Joliane. Je me suis contentée de sourire, un sourire de connivence. Qui lui a fait effet. Il a dû avoir l'impression de sortir de son quotidien routinier, de trouver l'aventure... Les hommes sont des enfants. On est allés à l'hôtel. Au moment de se séparer, il a hésité. Je l'ai embrassé en disant « adieu ». Il n'en pouvait plus. Sur le trottoir, j'ai mentionné que j'aimerais bien rencontrer un responsable de Joliane pour un projet en Bosnie.

Il a promis de s'en occuper.

Ce n'était pas malin mais après tout, dans un échange de bons procédés, chacun a intérêt à rester discret ; nous sommes quittes, je lui ai raffermi les couilles qu'il avait un peu en creux et il m'a tendu un miroir qui m'a redonné des contours.

C'est accompli. J'ai trompé mon mari. Je suis enfin une vraie bourgeoise.

Ce matin, j'ai annoncé à Guillaume que je souhaitais acquérir une maison à la campagne. Il m'a répondu qu'il détestait la campagne. Je l'ai cajolé. L'idée de mon absence ne le contrarie pas. J'ai bien perçu que ma présence oisive parfois l'irrite.

Enfin oisive. J'ai pris le pli, si j'ose dire. Je ramasse derrière lui. Ce n'était pas un accident dû au joyeux laisser-aller de nos noces. Guillaume enlève sa veste là où il se trouve et la laisse choir. De même ses chaussures sont abandonnées au gré de son confort.

Mauvaise éducation.

Las plus qu'enthousiaste, Guillaume cède.

J'embarque Sophie et nous partons par les petites routes de Creuse. C'est un souvenir ancien, un rare souvenir joyeux de mon enfance. La colo à Aubusson. Miraculeusement tout me semble pareil. Forêts, lacs, paysages vallonnés, une nature exubérante, peu d'habitations, la vie rurale d'autrefois.

Nous dormons dans des hôtels modestes avec salle de bains commune à l'étage. Nous attendons sans impatience d'être servies dans les petites épiceries, alimentations générales où l'on prend son temps car c'est là que s'écrit la gazette du village.

Nous pique-niquons sur l'herbe en buvant du vin blanc et nous assoupissons en regardant les nuages.

Chaque matin nous allons nous baigner au lac de Lavaud-Gelade dont ma maison sera proche.

Et enfin, nous dénichons... un château. Un vrai petit château à tourelles avec une salle de bal, un escalier monumental et des chambres à boiseries. La toiture est à refaire, le chauffage central à revoir, mais il y a un petit bois de bouleaux et des dépendances admirables.

J'entame les négociations. Cela aussi, je sais le faire. Et il me faut cet endroit. Je suis sous le charme. C'est assez somptueux pour que Guillaume puisse y convier ses futurs alliés et assez isolé pour devenir mon refuge.

Sept cent mille francs. Les propriétaires ne descendront pas au-dessous de ce prix. J'appelle Guillaume. Je prends ma voix de petite fille. Je ne lui demanderai plus jamais rien, je le promets, mais ce château, il me le faut. Oui, quelques travaux. Difficiles à chiffrer.

Guillaume peut obtenir l'argent, je le sais. Je ne le lui dis pas. Je lui demande une énorme faveur, un énorme effort. Je le flatte. Sophie me soutient. Argumente.

Il nous rejoint avec un architecte.

Conciliabules. La décision est vite prise. Il faut faire classer le château, ainsi il pourra être rénové aux frais de la princesse.

N'est-il pas logique que les serviteurs de l'État soient parfois payés en retour ?

D'ailleurs Guillaume est pressenti pour un ministère, la Santé dit-on, et Chavaux me convoque à déjeuner.

Une série de médicaments attendent l'autorisation de mise sur le marché, des médicaments anticholestérol, des pilules de virilité assurée... un gros marché, ça, le marché de l'impuissance, et ils sont trois sur les rangs pour la restauration de la virilité occidentale. J'adore ce dossier. Mais il faudrait soutenir le premier prêt, le Védiol est lent au démarrage, de durée incertaine, mais aurait pour lui l'avantage de la surprise.

Et dans le lot, Chavaux introduirait bien un nouveau veinotonique prometteur.

Je me marre, j'annonce à Antoine qu'il n'a pas besoin de me faire l'article. Je ne suis pas une spécialiste, mais je sais lire. Les veinotoniques n'ont aucune efficacité et la France fournit déjà soixante-dix pour cent de la consommation mondiale.

Il me regarde, agacé. À quoi je joue ? Je sors de mon rôle, là. Comme il me l'explique, si ça ne passe pas par moi, ça passera par quelqu'un d'autre, mais ça se fera. Autant que j'en profite et mon mari et son parti.

Mon rôle exact ? En parler à Guillaume, bien sûr. Chavaux se fait fort d'obtenir l'aval des comités consultatifs, mais il faut s'assurer que le ministre homologuera.

Et puis, grâce à ma boîte, je peux lancer une campagne de presse qui prépare le terrain. La presse féminine va adorer ces produits qui permettent d'évoquer la sexualité et ses enjeux au nom de l'information scientifique.

Je pose la question du remboursement par la Sécurité sociale, mais les amis de Chavaux ne souhaitent pas voir leurs marges bénéficiaires encadrées. Autant pour moi...

Sophie, sans doute radoucie par notre petit voyage en tête à tête, trouve l'idée formidable. D'autant que les articles peuvent y associer des informations sur les crèmes antirides de plus en plus performantes. Elle m'organise une série de déjeuners avec des rédactrices « beauté ». Ma carte de crédit fonctionne à plein. Chavaux dit oui à tout.

J'engage une présentatrice du journal télévisé. Nous enregistrons une communication à propos des antidépresseurs mise en scène comme le 20 heures. Gros succès.

Guillaume, lui, fait semblant de s'inquiéter et tient à vérifier les dossiers de chaque produit avant la mise sur le marché. Le jeu est joué jusqu'au bout, les comités de contrôle donnent des avis favorables. Je vais au Luxembourg avec Chavaux. Nous ouvrons deux autres comptes où des sommes affolantes s'accumulent, bougent, disparaissent, reviennent du Liechtenstein à Gibraltar après un séjour à Guernesey. Trente millions de francs et quelque. Il n'y a pas que du médicament dans ce gigantesque Monopoly. Mais cela ne me regarde pas.

Nous payons des passeurs. Un vieux se fait prendre à l'aéroport de Genève par les douaniers français : il a caché un million de francs en coupures de cinq cents dans sa chemise et ses chaussettes. J'angoisse. Chavaux rigole. Il a raison. Une brève dans le journal, et on n'en parle plus.

Mon château a été classé monument historique. J'entame des travaux de rénovation énormes. Je m'amuse comme une folle.

Même Guillaume retrouve grâce à mes yeux. Après tout, nous faisons désormais équipe. Et je sais bien que l'argent de Chavaux va dans les caisses du parti, pas dans la poche de Guillaume.

Je cours, je cours pour ne pas tomber, et je prie que rien n'arrête ma folle cavalcade.

15

— Vous m'emmenez ?

La nonchalance avec laquelle Mangin, penché vers moi de l'autre côté de la vitre, m'a posé la question m'a laissée sans voix. Comme si rien n'était plus naturel que de surgir sur ma route au milieu de la nuit devant la maison de Guillaume de Gurson.

Sans cérémonie, il est venu s'asseoir à côté de moi.

— Continuez tout droit, je vous indiquerai la route. Je connais un bistrot ouvert la nuit. Je vous offre une bière...

Humour ou goujaterie ? Je me rends compte que je ne comprends rien aux hommes. Encore moins aux flics. Manque d'expérience.

J'ai perdu ma virginité dans un camping municipal avec un grand type vulgaire qui n'avait pour lui que sa détermination assez bête pour être irrésistible. Après, Élisabeth m'a refilé des types qui ne me parlaient que d'elle.

Le café puait le tabac et le graillon. J'étais au bord des larmes parce que ma courte nuit avec Guillaume avait ressemblé à un adieu, qu'il me semblait m'être trompée de chemin à chaque croisement de ma vie.

Et qu'au bout du compte, j'en avais assez de faire de la figuration dans ma vie.

— Vous êtes la maîtresse de De Gurson depuis quand ?

— Ça n'a rien à voir avec la mort d'Élisabeth.

— C'est drôle. C'était la supposition la plus évidente et je n'arrivais pas à y croire.

Et me voilà mortifiée d'entendre un soupçon de déception dans sa voix. Je ne savais pas quoi commander. Je trouve la bière vulgaire. J'étais fatiguée. J'en avais assez. Est-ce ce relâchement qu'il avait guetté, attendu, dont il voulait maintenant profiter ?

— Je ne comprends pas. Vous m'aviez bien dit que ce n'était pas votre enquête.

— J'aimerais autant que ça reste entre nous, mais on m'a demandé d'y mettre le nez discrètement et finalement, c'est assez plaisant. Et vain. Tout pointe au suicide, comme je vous l'avais dit. Mais une femme de ministre, à une époque où la justice n'en finit pas de se rebiffer, dans un contexte pas net... Il faudrait des preuves irréfutables.

« Pas de témoin. Pas d'indice. Bonjour.

« Que diable allait-elle faire dans le lac, au milieu de la nuit, tout habillée, des cailloux plein les poches ? Pas de problème, c'était une extravagante.

« Beaucoup de monde avait intérêt à la voir disparaître, c'est ça le problème. Et monsieur de Gurson semble très nerveux. Vous savez qu'il faisait suivre sa femme ? Vous êtes migraineuse ?

Mon front s'était plissé, cherchant instinctivement à résister au mal de tête surgi en réponse à ma terreur : si Élisabeth avait été suivie.... Sans me laisser le temps de répondre, il alla demander de l'aspirine au bar.

— Ah, non, vous ne le saviez pas.

— Mais alors... vous avez un témoin... ?

— Hélas. Bourgois, détective privé de son état, était en Suisse ce soir-là. Il avait rendez-vous avec un de ses amis qui travaille à la Vaudoise de Crédit. Vous connaissez Adeline de Gurson ?

— Oui, forcément.

— C'est l'alibi de De Gurson. Il était chez elle en Normandie.

— Guillaume n'aurait jamais...

— Vous avez raison. Trop risqué. Mais vous n'imaginez pas comme ces politiques peuvent être crapoteux. Non, vous n'imaginez pas... Bourgois, par exemple, a cambriolé l'appartement d'une journaliste à la demande d'un député, entre autres crapouilleries. Et puis, parfois des tentatives d'intimidation tournent mal. Vous n'avez pas été menacée, dites-moi ? Il faudrait me le dire.

Je secouai la tête. Pourquoi me parlait-il autant au lieu de me poser des questions ? Un embrouilleur.

— Je voudrais rentrer dormir. Je travaille, vous savez ?

— Très jolie votre gabardine.

— Merci.

Ceci d'un ton sec. Mangin me raccompagna jusqu'à ma voiture et me regarda partir. Guillaume n'avait même pas ouvert l'œil pour me dire au revoir. Ce n'est jamais celui qu'on voudrait qui se conduit comme on voudrait.

Je rentrai au radar, avalai un valium et dormis jusqu'à ce que le téléphone me réveille, pâteuse et déprimée. Les somnifères me font ça. Je n'avais jamais cru aux cailloux dans les poches, mais il aurait peut-être été bien venu que j'interroge Mangin là-dessus. Il essayait de me déstabiliser. J'en étais persuadée. Oh, et puis flûte. Inutile de m'encombrer de scrupules inutiles.

C'était Arthur Cognard au téléphone. Un journaliste qu'Élisabeth m'avait présenté un jour au Flore. Il était en bas de chez moi, voulait venir, tout de suite. Il me réveillait ? Désolé, mais c'était urgent. Il montait des croissants.

J'avais d'abord articulé « Non », et puis l'idée d'une lumière pour dissiper le brouillard...

Il arriva donc. Un joli garçon. Un peu efféminé... Pas du tout le genre d'Élisabeth. Mais pourquoi aurait-elle dû coucher avec tous les hommes qu'elle connaissait ?

Une petite voix me chuchota que c'était parce qu'elle utilisait sa seule arme, en toutes circonstances. Je la repoussai.

Les révélations se succédaient. Cognard, comme Mangin, faisait son boulot. Lui était à la recherche du scoop. Il travaillait pour un magazine qui faisait du scandale politique, économique ou judiciaire, son pain hebdomadaire. Élisabeth l'avait contacté avant notre départ pour la Creuse. Ils se connaissaient depuis longtemps. Elle lui racontait les potins et il lui livrait quelques informations confidentielles sur les gens de son monde. C'était sans conséquence. Une échange de services amicaux. Mais là, Élisabeth était sérieuse. Elle voulait savoir quel risque il était capable de prendre. S'il avait la carrure pour dévoiler une affaire d'État sans se laisser intimider. Elle était restée dans les généralités, disant qu'elle aurait peut-être accès à un document explosif, qu'elle devait vérifier, mais qu'elle se sentait démunie sans répondant médiatique. Il s'agissait de financement illicite de partis, de partages de commissions. Elle l'avait supplié de ne pas en souffler mot à qui que ce soit pour ne pas risquer de l'exposer elle.

Qu'elle meure deux jours après crédibilisait tragiquement ses propos.

Il avait d'abord pensé aux rumeurs entourant le Védiol. Mais l'affaire était forcément plus importante. Ce qui l'intéressait, c'était la partie immergée de l'iceberg, me dit-il d'un ton de compétence.

Il me demandait mon aide. Il ne soupçonnait apparemment pas que je puisse détenir des éléments à charge, mais puisque, de l'avis général, j'étais la seule personne à avoir joui, finalement le terme est assez exact, de la confiance d'Élisabeth, ne m'aurait-elle pas, au détour d'une confidence, laissé entendre quelque chose...

Je ne savais même pas qu'elle l'avait contacté, lui. Élisabeth était mélancolique, c'est tout ce que je pouvais en dire.

Je lui promis de réfléchir mais là, j'avais une migraine terrible.

Je dois être une piètre menteuse car il ne me crut pas.

Dès qu'il fut parti, je cherchai sur le Minitel à « Bourgois, détective privé ». La vie est parfois simple. Je le trouvai immédiatement et l'appelai.

Il répondit lui-même. Je me présentai, expliquai que j'avais appris qu'il avait enquêté sur mon amie, que j'aurais aimé le rencontrer.

Il m'interrompit. J'étais mal informée. Jamais, il n'avait été mêlé de près ou de loin à cette affaire.

Je lui dis que je comprenais la confidentialité

nécessaire à son métier, mais que je souhaitais à mon tour, l'embaucher.

Il était trop occupé, pouvait m'adresser à des confrères compétents... Je fis semblant de noter les deux noms qu'il me donna et raccrochai.

Puis on sonna à la porte. On me livrait la garde-robe d'Élisabeth.

Loin de s'éclaircir, le brouillard s'était épaissi.

Chaque nouvelle apprise depuis vingt-quatre heures me faisait l'effet d'une série de coups de marteaux bien ajustés et maintenant mon espace était littéralement encombré, saturé d'Élisabeth.

J'avais dû éparpiller les vêtements sur cintres, dans des housses jusque dans mon living. Ma chambre n'était plus accessible. Je m'étais enfoncé dans la gorge de l'Élisabeth dense et indigeste, l'Élisabeth des excès et des débordements.

Quelle décision avais-je donc prise là ?

Le téléphone sonna. Le bureau s'inquiétait de mon absence. J'avais un rendez vous dans un quart d'heure avec un chef de produits et une réunion de direction en début d'après-midi.

Je pris une douche glacée en claquant des dents, essayai en vain de traverser la mer de vêtements pour atteindre mon propre placard. Inaccessible.

Je sélectionnai donc une robe d'Élisabeth, vert émeraude, enfilai sa gabardine, retrouvai miraculeusement mon sac, fouillai dans les poches à la recherche de mes clés et tombai sur le téléphone portable d'Élisabeth qu'elle n'emportait jamais dans la Creuse où les communications ne passaient pas.

Je descendis dans mon parking et, dans l'ascenseur, mis le portable en écoute de messages.

Sur le premier, une voix feutrée chuchotait, ce qui la rendait encore plus inquiétante :

Nous avons accès à toi où nous voulons quand nous voulons. Un mot de trop, une fréquentation pas recommandable et couic. Tu sais de quoi je parle, mais je t'enverrai peut-être un joli dessin. Si tu es sage.

Je voulus réécouter, appuyai sur une touche et une voix mécanique m'apprit que le message venait d'être effacé.

Le message suivant venait d'Adeline, voix courtoise et chaleureuse :

Ma chère Élisabeth, il va falloir rendre les armes. Vous voyez bien qu'on ne construit rien de solide sur la trahison et la destruction. Et si on en parlait ? Rappelez-moi.

Je réfléchis que si le portable était resté à Paris, Élisabeth n'avait peut-être pas écouté ses messages. Les menaces dataient du vendredi et celui d'Adeline du samedi.

Le parking souterrain était désert, j'avançais, le portable contre l'oreille, le silence autour de moi vibrant dans les oreilles et m'arrêtai net, la voix posée d'Adeline en contrepoint inattendu à une vision de vandalisme brutal. Pare-brise, vitres, carrosserie, essuie-glaces, ma voiture avait été saccagée, à coups de barre de fer sans doute. Je regardai autour de moi, environnée d'ombres où un assaillant pouvait se dissimuler, de voitures, bien rangées sur leur espace, derrière lesquelles il était facile de me guetter. Je tournai les talons, courus vers l'ascenseur qui était remonté. J'empruntai les escaliers, les gravis quatre à quatre, le souffle saccadé, mon sang cognant silencieusement contre mes tempes et poussai un hurlement quand je me heurtai à un homme surgi d'un virage de l'escalier, me bloquant le chemin. Il m'attrapa par le bras pour m'empêcher de tomber, je pense. Je reconnus vaguement un voisin et m'agrippai à lui, essoufflée :

— Ma voiture. On a cassé ma voiture. Il faut appeler la police.

— Et ça ?

Il m'indiquait du menton le portable d'Élisabeth toujours dans ma main.

Je regardai ma main, ma montre, m'exclamai que je n'avais plus le temps et le laissai, abasourdi, tandis que j'atteignais enfin le rez-de-chaussée, sortis et trouvai, sur le boulevard, un taxi en maraude qui m'emmena au bureau.

Un fax très officiel de Guillaume de Gurson m'attendait sur mon bureau m'annonçant qu'il venait de découvrir un conflit d'intérêts délicat concernant mon bail de locataire.

Aurais-je l'amabilité de chercher un autre appartement ? Je pouvais, bien sûr, prendre mon temps...

Un conflit d'intérêts ?

Guillaume voulait rompre les ponts. Message reçu.

Le chef de produits était là et je dus m'intéresser pendant une demi-heure à des problèmes d'emballage et de flacons, grignotai un sandwich en étudiant le programme de lancement des nouvelles tendances couleurs pour l'automne prochain. J'avais dans le même temps avalé tellement de comprimés que je ne sais pas comment j'arrivais à être encore crédible dans mon travail.

Avant ma réunion avec la direction, j'allai respirer un moment dans le jardin derrière l'immeuble. La phrase d'Élisabeth revenait en leitmotiv : Guillaume baise utile, tu sauras à quoi tu lui servais quand il te laissera brutalement tomber.

Élisabeth morte, je ne lui servais plus à rien. Il me congédiait. Et me menaçait. Qui d'autre s'en serait pris à moi ?

Je n'imaginai pas une seconde qu'il s'agissait de vandalisme. C'était fou, je sais, mais je me convainquis que je n'avais pas tué Élisabeth. Elle était morte pour d'autres raisons. D'ailleurs, en ce moment précis, elle me manquait si violemment qu'il était impossible que je l'aie éliminée de ma vie. Mon raisonnement inconscient, tel que je le lis aujourd'hui, c'est que quelqu'un d'autre l'aurait tuée si je n'avais pas pris les devants, que donc, je ne l'avais pas vraiment tuée.

Et puis, il était clair qu'Élisabeth n'avait pas été assez forte. Maintenant, je prenais le relais. À deux, nous étions invincibles.

Le directeur général me complimenta sur ma robe audacieusement turquoise. J'acceptai le compliment gracieusement.

Je rentrai m'écrouler sur mon lit, me nichai entre des housses de vêtements et des sacs en tout genre. Ma tête cogna contre l'un d'entre eux, un grand sac en velours noir style années 30 qui me parut curieusement raide. Je l'ouvris. La couture de la doublure avait été réparée à la main. Je tirai et des liasses de billets de banque jaillirent. Il en sortait toujours plus. Glissant ma main plus loin encore, je tombai sur une enveloppe où je trouvai quelques clichés, de mauvaise qualité, pris au téléobjectif comme dans une certaine presse à scandale, représentant Guillaume et Élisabeth en train de baiser dans une chambre banale, une chambre d'hôtel. Une photo de paparazzi ?

Et tout cet argent. Qui me semblait autrement réel que les zéros alignés sur un compte anonyme dans un duché d'opérette.

Il fallait se rendre à l'évidence. Élisabeth n'avait pas été que légère.

Je dus m'endormir sur les clichés car, quand je me réveillai, ils avaient laissé des plis creux sur ma joue. La marque fatale d'Élisabeth, pensai-je en souriant comme si elle avait été là pour partager mon ironie.

16

Je ne sais pas pourquoi Philippe a décidé de rendre les armes, mais on divorce sans souci, dans la mesure où je ne lui demande rien. À son grand étonnement. Je ne suis vénale que quand ça rapporte vraiment. C'est le saut dans le vide, mais qui ne tente rien...

La tentative de conciliation chez le juge est à crever de rire. Nous sommes tellement neutres. Je lis dans le regard de Philippe qu'il se demande encore pourquoi diable il m'a épousée. Moi, je le sais. Parce que je le voulais.

Je réintègre mon appartement du Marais et je convoque Guillaume. Le message implicite est que je peux me donner à lui maintenant que je n'appartiens plus à un autre. Et il se passe un truc hallucinant. Je jouis, pour la première fois de ma vie et immédiatement, à l'instant même où il me pénètre. Désormais on pourra me raconter ce qu'on voudra sur l'orgasme, je suis convaincue que c'est un phénomène purement mental. Dix ans que j'attendais ce moment, dix ans que le ressort n'en finissait pas de se tendre... le résultat est là.

L'autre résultat auquel je ne m'attendais pas, c'est

la réaction de Guillaume que j'avais imaginé bouleversé de m'obtenir enfin, amoureux, éperdu, attendri.

C'est tout le contraire. Une fois notre affaire faite, la douche, la raie, la porte. Je me repasse le film de mon travail d'approche, de mon attitude, de ma disponibilité... Je ne comprends pas. J'ai foiré, mais où ? Je devais bien un jour lui céder. Je ne sais même pas s'il va me rappeler, lui qui me téléphonait tous les jours lorsque j'étais mariée.

C'est ma disponibilité qui le panique. Il a peur que je lui mette le grappin dessus. Il a raison. C'est ce que je veux plus que jamais.

Tactique, ma fille. Tactique.

Moi qui croyais être inoubliable. Cru l'être. Crue, cruche, je ne sais plus. J'ai raté mon coup, seule et cruelle certitude.

Et puis si, on se voit de temps en temps. Quand ça l'arrange. Rame, ma fille.

Sophie non plus ne fait rien pour moi. Quelle famille ! Je me demande pourquoi je la fréquente encore. Elle a grimpé les échelons chez Joliane à une vitesse surprenante. Elle ignore mes liens avec Guillaume. Quels liens d'ailleurs ?

Je mange chez elle. Pourquoi acceptè-je encore de manger chez elle ? C'est immonde. Elle a préparé des nouilles, trop cuites, qui collent et a tenté de camoufler le foirage par un paquet entier de fromage râpé, cinq cents grammes au moins, et nous voilà à essayer de décoller les pâtes agglutinées. C'est à gerber.

Du coup, je lui crache un peu de mon venin sur son absence de générosité.

Elle me regarde en coin et se lance dans une péroraison dont l'ironie lui échappe :

— Tu as toujours tout eu de ton côté. L'argent, la beauté, le charme. Moi, j'ai dû bosser pour tout. Et pas une fois, tu n'as proposé de m'emmener avec toi quand tu allais voir ta mère, quand tu partais sur son yacht ou en Égypte... Je t'ai présenté ma mère, moi. En l'état...

Je reconnais que c'est vrai, mais j'ai toujours eu honte de ma mère si snob, si parvenue en même temps. Je parle de malentendu. Elle ouvre une boîte de pêches au sirop et je lui demande des nouvelles de Guillaume.

Elle n'en a pas.

Dix jours depuis la dernière fois qu'on a baisé. Dix jours de silence radio.

Un copain journaliste m'emmène à une sauterie pleine de députés. Arthur Cognard est très beau. Il me tient par la taille, me chuchote à l'oreille, m'embrasse dans le cou. J'ai repéré Guillaume dès mon entrée, mais je fais semblant de ne pas le voir. Quand il essaie de s'approcher de moi, je l'évite sans en avoir l'air et après, Cendrillon s'éclipse.

Je suis sur répondeur toute la journée. Il laisse des messages. Je ne rappelle pas.

La suite est écrite. Un soir, on sonne, un bouquet devant la figure, c'est Guillaume. Il n'a jamais été aussi tendre, aussi sincère. Son trouble quand nous sommes devenus amants, ses scrupules d'homme marié, mais il n'y tient plus et voilà. Il se livre à moi.

Je n'en crois pas un mot, mais je ne reviendrai pas sur mes engagements d'enfant. Trop important.

Donc je le crois, je fonds et me défais et le déloque, etc. Sauf que l'effet premier ne joue plus.

Il est rapporteur sur les questions de santé. Il est

invité à Roland-Garros. J'exige de l'y accompagner. C'est la fin de la session parlementaire. Sous la tente, se nouent relations et accords entre industriels et politiques ; Guillaume me présente le chef d'un service de chirurgie cardiaque. Bingo. Je lui fais l'article sur un procédé américain révolutionnaire pour déboucher les artères. Je pouffe. Je ne suis pas médecin. Mais j'ai un ami qui m'en a parlé et qui pourrait lui expliquer mieux que moi. Si la France pouvait être la première à utiliser ces petits ressorts. Le chirurgien me trouve charmante. Je lui ai été présentée par un député en vue. Il sera ravi de rencontrer mon ami Antoine Chavaux.

Si les ressorts sont efficaces, Chavaux prétend que notre fortune est faite. Je m'étonne : il n'en est donc pas sûr ? Il affirme, jovial, que c'est justement ce qu'on saura rapidement. Je n'y connais rien. Je n'insiste pas.

Sophie est ravie. Elle a chaperonné un groupe de journalistes pour un séjour de luxe à Venise et pratiquement rédigé elle-même leurs articles sur les nouveaux shampoings couleur Joliane.

— Mais enfin, Sophie, ce n'est pas du travail, c'est de la corruption pure et simple.

Il paraît que je n'y comprends rien. C'est de l'information. Dans de bonnes conditions. Pour faire la différence avec la concurrence.

J'en ai assez d'être à la botte de Guillaume, alors, je disparais. Je vais voir maman qui s'est installée avec sa garde-malade dans la petite maison fleurie. Elle m'accueille en demandant :

— Tu es qui, toi ?

— Tu ne me reconnais pas ? Ta fille, Élisabeth.

— Ah oui ! Bon...

Son regard interroge madame Wagner qui lui

confirme que je suis bien sa fille. Elle lui avait pourtant annoncé mon arrivée. N'est vrai que ce qu'affirme sa garde-malade. Y compris ma filiation.

Madame Wagner ressemble à une institutrice d'autrefois, stricte et ferme. Maman file doux et cet ordre sans souplesse semble la rassurer. Ma présence dérange un peu, je le vois bien. Maman a bonne mine. Elle est presque gaie, pas agressive en tout cas et désormais imbattable au Scrabble. Je les regarde jouer. Je calcule ce que me coûte la partie de Scrabble et conclus que ça n'a pas grande importance. J'ai envie de mourir.

Je rentre à Paris et Chavaux décide de me remonter le moral.

Pour commencer, il propose de me salarier comme consultante et de me fournir une carte Visa Premier pour mes frais.

Consultante en quoi ?

En relations publiques, m'explique-t-il. Je devrai organiser des dîners dont il me fournira la liste des invités. Il m'expliquera au fur et à mesure.

Je vois Guillaume à l'Opéra où je savais qu'il serait. Ce que je ne savais pas, c'est qu'il y serait avec sa femme. Elle est parfaite de bonnes manières et me salue sans hésiter tandis que, ridicule, il fait mine de chercher à se rappeler qui je suis. On dirait ma mère. Tu es qui, toi ?

Mais je suis avec Arthur Cognard éternellement plus jeune et plus beau que lui et, le lendemain, Guillaume débarque et je lui ouvre ma porte et mon lit. J'étouffe les premiers symptômes de mon mépris.

Parfois je me demande quel entêtement me guide. Je suis maintenant parfaitement indépendante. J'ai de l'argent. J'ai changé d'appartement. J'habite cent quarante mètres carrés financés par Antoine. Pourquoi cet acharnement guillaumesque ? Il me semble que ma vie perdrait un peu de sens si je renonçais à ce projet qui est à l'origine de tout.

Guillaume me demande d'où me vient cette nouvelle prospérité et je lui explique que Chavaux m'a embauchée. Il sourit assez content.

— Ma réputation grandit, je vois.

Ce sera son seul commentaire.

Il pense que Chavaux mise sur son avenir politique. Je n'y avais même pas pensé.

Je me sens aussi bête qu'une brique sans maçon. J'aurais dû faire maçon. Mais c'est trop tard. Trop tard pour tout.

La solution surgit par le truchement d'un chercheur américain qui déclare un soir, à ma table, qu'il aurait adoré qu'une femme lui fasse un enfant dans le dos.

Les solutions sont parfois beaucoup plus simples et surtout beaucoup plus accessibles qu'on n'imagine.

Je balaie le fait que Guillaume a déjà des enfants. Ils sont grands, il ne s'en occupe pas ou peu... Je saurai faire mieux.

En réalité, pour la première fois depuis des mois, je surprends un frémissement dans mon moteur au ralenti.

Je tombe enceinte. Et c'est la cata. J'entends tout et pire. Jamais il ne m'aurait crue capable de chantage. Je dois avorter. Je refuse. Je ne vais pas abandonner ma seule arme qui est aussi, et surtout, ma première vraie joie.

J'adore être enceinte. Je ne me pose plus de questions ; je sais qui je suis, pourquoi, où je vais. Je suis invincible. Plus mon ventre grossit, plus je suis sûre. Ce sera un fils et il n'y résistera pas. Léo va faire la différence.

Guillaume disparaît. Il ne veut plus me voir.

Sophie non plus. Elle a découvert en même temps ma liaison et mon état. Elle est choquée. À croire que j'ai touché à un ordre sacré, l'ordre social, l'ordre familial qui transcendent de très haut notre hypothétique amitié. Je n'oublierai pas.

Antoine Chavaux s'inquiète de la situation, il ne me trouve pas raisonnable, je lui raccroche au nez.

Je pleure tous les soirs et je ne m'épanche nulle part. Je parle à mon ventre à tout moment. Je lui explique que mon chagrin n'a rien à voir avec lui, qu'il est ma seule consolation. Qu'avec son aide, je trouverai une solution...

Guillaume m'envoie un chèque. Important. Que j'encaisse aussitôt. Après l'avoir photocopié. On ne sait jamais.

J'accouche seule. Personne ne m'a prévenue que ce serait aussi humiliant. L'anesthésiste étant occupé ailleurs, pas de péridurale. L'impression que mes entrailles se retournent vers l'extérieur. Des hurlements de bête. Une envie de mourir, simplement pour que ça s'arrête. Les sages-femmes continuent leur litanie, imperturbables : « Respirez bien, soufflez, retenez. La tête est là, on y est presque... »

Tu parles, je serai crevée avant, merci. Et puis tout à coup, c'est vrai, le petit corps humide, poisseux, est posé sur mon ventre. Je l'entoure de mes mains entre lesquelles il semble disparaître. Il est si petit.

Je suis intimidée et il faut que la sage-femme me le colle d'autorité contre le sein. Il tète un peu, pas longtemps, mais ça y est, il a tété. Mon fils. Léo. Né de père inconnu. Et de moi.

J'oublie la douleur de l'absence. Je ne serai plus jamais seule. Une autre existence justifie la mienne et m'enlève toute importance, sinon celle de ma responsabilité.

Et puis ça revient malgré moi.

Léo va faire la différence, il ne peut pas en être autrement. Il est exquis, ses traits menus parfaitement dessinés, il tortille de petites moues avec sa bouche ou parfois plisse les lèvres comme s'il avait un mauvais goût sur la langue. C'est trop drôle.

Au bout de quinze jours, j'appelle Guillaume, juste pour qu'il le voie. Je lui annonce que jamais je ne tenterai de le contraindre à la prise de sang pour établir la paternité, mais que j'aimerais qu'il nous rende visite. Juste une fois. Je ne le dérangerai plus après.

Je crois qu'il n'a jamais pris autant de précautions pour se rendre chez moi. C'est risible. Tout le monde s'en fiche. Guillaume est un député de base, son nom n'est jamais mentionné dans la presse...

Il jette un œil sur notre fils et détourne le regard. Il veut baiser. C'est pour cela qu'il est venu. Pour la première fois, je me sens avilie. Je le fais pour Léo. Mais je crains de ne jamais le pardonner à Guillaume. Ou peut-être est-ce à moi que je ne pardonne pas car j'ai vu, l'espace d'un instant, le vrai visage de l'homme que je continue de vouloir. Pour Léo, me dis-je désormais.

Je ne désarme pas. Guillaume appelle. Guillaume m'aide financièrement. Je continue de le faire rire.

Je continue de l'écouter sans manifester d'ennui. Je baise à la demande. Je suis irremplaçable.

Je prétexte une envie d'aller au cinéma pour laisser Guillaume seul avec son fils. Léo pleure très régulièrement, comme tous les bébés. Il faudra bien qu'il le prenne dans ses bras. Une fois le contact établi, l'amour vaincra.

Je rentre en courant. C'est ma première séparation d'avec mon bébé. Guillaume lit *Le Monde* près de la fenêtre. Je demande si tout va bien. Il me dit oui.

J'entre dans la chambre de Léo. Il ne respire plus, son corps, tiède encore, est inerte. Je hurle. Je le prends dans mes bras. Je l'agite. Guillaume est à côté de moi. Je lui demande d'appeler le SAMU, les pompiers. J'essaie de souffler de la vie dans la bouche de mon bébé. Je le secoue. Je refuse d'y croire. Il est tout neuf, il est parfait, il est moi. Je me tourne vers Guillaume immobile, bras ballants, très pâle.

Sa voix rauque m'annonce que c'est fini, qu'on ne peut rien faire et qu'il vaut mieux qu'il parte.

Oui, c'est ça qu'il foute le camp. Qu'il ne s'inquiète surtout pas, je ne le dénoncerai pas, personne ne saura rien. Il n'existe plus pour moi. Il est parti. J'appelle les pompiers.

Léo est mort. Ils ont emporté son petit corps il y a une demi-heure. Je suis seule.

L'autopsie a confirmé qu'il s'agissait de la mort subite du nourrisson. Léo a oublié de respirer.

Un soupçon atroce surgit après le départ des pompiers. Ils m'ont fait avaler un tranquillisant. Je suis dans un état somnambulique. Je m'active à ranger, sans oser mettre les pieds dans la petite chambre de bébé. Je ramasse le journal que Guillaume lisait à mon retour. C'est un vieux numéro. Pas de quoi l'absorber deux heures durant. Il est bien allé vérifier une ou deux fois que Léo dormait. Moi, j'ai tout de suite vu qu'il ne respirait plus. Peut-être l'a-t-il vu et n'a-t-il rien fait ?

Je n'ai pas le droit de penser ça. La mort de Léo n'en est ni plus ni moins horrible. Et pourtant...

J'appelle Françoise. Je ne sais pas comment elle fait, comment elle sait. Elle a compris mes bredouillis étouffés. Un quart d'heure plus tard, elle est là, elle m'emmène dormir chez elle. Elle s'occupe de tout. L'enterrement. Elle a vidé la chambre de Léo. Elle a juste gardé son bracelet de naissance. Elle m'aide à vider mes seins du lait de Léo qui continue de monter douloureusement pour les tétées qu'il ne prendra plus. Mon corps ne sait pas encore que mon bébé est mort.

Françoise me met dans le train. Madame Wagner m'attend, carrée, solide, mais elle n'aime pas les débordements. Elle me serre juste la main.

Je suis ridicule avec mes espoirs increvables. J'entre dans sa chambre et je fonds en larmes en disant « maman ». Elle me dévisage d'un air froid et m'interroge :

— Qui es-tu, toi ?

Je lui crie que je suis Élisabeth, sa fille unique, que mon bébé est mort, que j'ai besoin d'elle.

Elle détourne la tête comme écœurée par ce malheur indiscret. Plus qu'un refus, c'est une négation de moi. Elle justifie que je n'aie pu garder mon enfant en vie puisque je n'existe pas.

Françoise a vu juste. Après les débordements affectifs de mon arrivée, je suis installée dans une routine anesthésiante.

Maman s'est habituée à ma présence. Nous nous promenons dans le vent, au bord de mer. Je lui parle. Je lui raconte ma vie et je ne fais plus attention à son unique et sempiternelle interjection :

— Ah bon, tiens !

Son ton de reproche ne signifie rien. Je suis dans l'illusion d'un lien inexistant. Elle a sombré dans un trou noir où ne surnage qu'une apparence.

Elle goûte puis dort. Je la regarde. Je cherche les traces de sa beauté rayonnante qui me fascinait avant qu'on m'enlève à elle. Je n'ai jamais pu lui en vouloir de sa violence. Mon existence même la justifiait. La vie était trop dure.

Le soir, je joue au Scrabble avec madame Wagner. Elle gagne mais je progresse. En bonne infirmière, elle a trouvé les dosages qui m'aident à dormir sans trop m'abrutir.

J'ai appelé Sophie comme on fait le grand écart entre deux mondes. Elle est bouleversée, s'en veut de n'avoir pas été là, veut me rejoindre immédiatement ! Pourquoi ne puis-je m'empêcher d'entendre que sa compassion s'exerce maintenant que le scandale a disparu ?

Il va falloir que je rentre. J'ai une revanche à prendre, une énorme revanche. Encore plus grande qu'avant.

Pendant trois jours, je fourbis mes armes, revêts mon armure. Une guerrière revient en ville.

Je croise comme par hasard le chemin de Guillaume que je salue froidement, reconnais à peine.

Je sais mon visage. Il s'est creusé, durci, mais il

rayonne d'un éclat nouveau. Au fond, je suis devenue un peu folle.

Le regard des autres hommes guide celui de Guillaume. Il ne peut plus s'enorgueillir d'être celui qui possède celle que tous désirent. Il est dérouté. Je ne lui marque aucune rancune. Une indifférence condescendante. Voilà. Je suis devenue excellente en indifférence et en condescendance. Ce n'est pas un mensonge. Je sais que je vais tout rafler parce que cela n'a plus aucune importance.

Guillaume a tanné Sophie pour obtenir mon nouveau numéro. Fidèle amie, elle a tenu bon. Elle trouve que là, vraiment, il a exagéré. Quel euphémisme !

Guillaume rame, c'est un vrai bonheur. Il m'a invitée à dîner. Dans un restaurant. En public. Il m'annonce que sa femme s'est installée dans leur maison de Normandie. Il est vraiment disponible. Je lui manque. Il m'offre un collier magnifique. Je prends. Je prends tout désormais.

Je lui abandonne mon corps presque distraitement dans un hôtel discret. Mon copain journaliste fait des photos depuis la chambre d'en face. Ensuite, je disparais une semaine.

Je rentre bronzée, radieuse. Guillaume est comme un fou. Je sais par Sophie qu'il l'interroge. Il pense avoir un rival. Il est ferré, mais trop lâche pour se décider sans un coup de pouce supplémentaire.

Le moment est venu. J'appelle Adeline. Je lui demande de me recevoir en Normandie.

Maison somptueuse. Parc entretenu par un paysagiste. Sur le court de tennis, un grand jeune homme fin et élégant comme son père, Serge de

Gurson. Émilie, adolescente mais ravissante, me toise quand je mets le pied sur la terrasse où elle sirote une orange pressée.

Adeline arrive. Elle sait qui je suis. Pour son monde, une pute. Elle possède une certaine forme de beauté, discrète, le contraire de la mienne. Grande classe. Oui, le contraire de moi.

Nous parlons en tête à tête. Elle est d'une politesse telle, ses manières sont tellement exquises qu'elles me transforment en quémandeuse qui n'a pas trouvé l'entrée de service, beaucoup plus efficacement que ne le ferait un mépris affiché.

J'explique que je suis la maîtresse de Guillaume depuis plusieurs années. Son œil se fendille, c'est imperceptible. La malheureuse aime son mari ! Je ne me laisse pas attendrir. Guillaume m'a fait un enfant, cet enfant est mort, j'ai les preuves de sa paternité. Guillaume me promet le mariage depuis longtemps, il affirme que le leur n'est qu'une façade.

Elle m'interrompt le temps de demander s'il est au courant de ma démarche. Elle est livide.

— Non, il s'emporterait. Vous pouvez me comprendre. Je crois. Lui, jamais.

Elle me lance un regard indéchiffrable.

— Il n'osera jamais vous demander le divorce. Une séparation ne peut venir que de vous. Alors il m'épousera.

— Pourquoi vous ferais-je cette faveur ?

— Pour lui éviter un scandale qui ruinerait sa carrière et par ricochet votre statut également. J'ai des photos qui nous montrent dans l'intimité.

— Vous auriez tout à perdre à les rendre publiques.

— Non, moi, je n'ai rien à perdre ; c'est mon

avantage. Vous, vous avez vos enfants à considérer également.

Elle s'arrête, me regarde longuement, comme si elle voulait lire directement dans ma tête. Une telle douceur dans son regard. Elle me plaît. Une part de moi l'admire et lui veut du bien, mais cette part là étant condamnée tôt ou tard à disparaître, je l'étouffe.

— Vous n'avez aucune chance de trouver le bonheur sur de telles fondations. J'imagine que vous le savez.

Je hoche la tête.

Elle bascule la sienne :

— Je me demande ce que vous cherchez au juste.

Je pourrais lui parler pendant cent ans qu'elle ne comprendrait pas. Nous ne parlons pas la même langue, nous n'avons pas les mêmes coutumes, tout nous sépare. Nous avons un homme en commun. Ce n'est pas grand-chose. Je suis inconcevable pour elle qui n'a aucun mystère pour moi, car, au fond, elle est simple. Ce qu'hélas, je ne suis pas, ne peux être.

Pour finir elle me demande :

— Saurez-vous l'aider, l'épauler, dans la carrière qui s'ouvre devant lui ?

— Oui. Autrement que vous, mais avec efficacité. Je n'aurais pas pu faire ce que vous avez déjà accompli, mais vous ne pourriez accomplir ce dont il a désormais besoin.

Un sourire en filigrane, aucun soupçon d'affection pour moi, mais oui, tout de même quelque chose comme de la complicité, son amour et ma haine confondus et, pour finir, sa voix de châtelaine :

— Je vous raccompagne.

Il faudra que j'apprenne à le dire comme ça. Comme on ramasse un torchon sale, tenu à distance d'un geste plein de grâce, pour le déposer à sa juste place. Dans la souillarde.

Je lui demanderais bien un stage, mais je ne crois pas que ce soit le moment.

17

MANGIN fut averti des dégâts infligés à ma voiture et s'empressa de venir me tirer les vers du nez. Je lui parlai de coïncidence quand j'avais l'impression d'être soumise à plusieurs agressions simultanées, ce qui n'était peut-être qu'un effet de ma paranoïa.

La campagne de presse reprit et redoubla grâce au soi-disant passé d'Élisabeth, ex-call-girl, passée « aux affaires » par le biais de son agence de communication. Intermédiaire naïve ou ambitieuse rouée, il semblait évident que l'engagement et les convictions n'avaient pas été le fort de la femme du ministre, sauf concernant son destin personnel pour lequel elle était prête apparemment à tout sacrifier.

Chavaux, Élisabeth de Gurson, deux témoins clés dans une affaire mettant en cause le chef de l'État, disparus fort à propos. Mais que faisait la police ?

Je lisais frénétiquement les journaux sans rien y trouver de neuf. Mon expérience m'a appris qu'on peut tout faire avaler à la presse si le breuvage est à son goût. Élisabeth prenait des allures d'héroïne de mauvais feuilleton. Peu crédible, mais bonne pour le tirage.

L'attitude de Guillaume m'avait tellement blessée que je n'éprouvais aucune compassion devant cet étalage, mortifiant pour lui, de sa vie privée. Je ne songeais qu'à déménager le plus vite possible pour rompre tout lien entre nous et je visitais des appartements aussi peu accueillants les uns que les autres.

J'allai même jeter un œil dans les anciens bureaux d'Élisabeth qui pouvaient peut-être faire office de logement.

C'était simplissime. Une bonne adresse dans le VIIIe arrondissement, mais, en réalité, limite XVIIe. Une pièce sur cour au rez-de-chaussée. Table, téléphones, répondeur, ordinateur, imprimante, fax. Un frigidaire, une machine à café.

Aucun effort de décoration. Aux murs des tableaux d'affichage, vides pour le moment, le tout peint en blanc, du lino au sol.

J'allumai l'ordinateur. Le disque dur était vide. L'avait-elle effacé en liquidant l'affaire ou quelqu'un était-il passé par là ?

Quelques rares dossiers garnissaient les étagères d'un placard. Il aurait dû y en avoir davantage. Ce que me confirma une liste à moitié arrachée, punaisée sur l'intérieur d'une porte, avec des numéros de dossiers et leurs titres. Il y en avait plus d'une centaine.

Je vérifiai les dossiers restés en place. L'un intitulé « Joliane » attira mon attention. La société d'Élisabeth avait été chargée du dossier de présentation d'une opération Joliane en Bosnie. Encore un épisode de la vie d'Élisabeth dont je n'avais pas été informée et qui me concernait pourtant. Comment avait-elle décroché ce boulot pour lequel Joliane disposait d'un personnel compétent ?

J'essayai les numéros en mémoire sur le téléphone, tombai sur l'ancien associé d'Élisabeth. Il me confirma le nombre des contrats archivés mais, n'ayant plus de rapport avec Élisabeth depuis longtemps, il ne pouvait m'en dire plus long sur ce qu'étaient devenus les dossiers manquants.

Je quittai le bureau avec une impression de malaise que je tentai de dissoudre dans une activité professionnelle particulièrement débridée.

Toutes ces journées où le travail me laissait peu de répit, il me sembla à plusieurs reprises être suivie. Mangin me gardait à l'œil, j'en étais sûre. S'il ne me suspectait pas directement, il espérait au moins que je lui ouvre des pistes.

Je me rendis à mon rendez-vous avec Delrieux. Son bureau se trouve au dernier étage d'une tour à la Défense. Au-dessous, ce sont ses laboratoires. Inaccessibles, à des étages où l'ascenseur que j'empruntai ne s'arrêtait pas.

J'arrivai pile à l'heure. Delrieux me reçut pile à l'heure. Il expliqua, sans que je pose de question, qu'il me recevait par affection pour Élisabeth, mais que ma demande de rendez-vous l'avait tout de même étonné.

Je ne connais pas les rouages de ce monde-là, je n'avais aucune envie de faire ma maligne, je lui demandai donc si sa société avait rétribué Élisabeth pour des services encore moins avouables que la mise sur le marché du Védiol.

Il s'esclaffa. Je me suis toujours méfiée des gens qui s'esclaffent, cela a quelque chose de théâtral, fleure la mise en scène.

— Vous vous inquiétez à cause de cette campagne de presse ? Elle est entièrement politique, vous savez, et Élisabeth était tout sauf politique. Elle n'avait pas la tête pour ça.

Manière charmante de laisser entendre que la belle est fatalement bête.

— En vérité, les médicaments mis sur le marché sous le ministère de Gurson méritaient de l'être. Il y aura toujours de mauvais coucheurs pour décréter que nous avons trop de médicaments en circulation, trop de placebos parmi eux, mais nos molécules anticholestérol et nos veinotoniques ont été testés. Nous avons suivi le processus habituel. Que certaines accréditations aient été accélérées, c'est vrai, et les laboratoires travaillent les décideurs au corps, si j'ose dire. Mais elles auraient été données à plus ou moins longue échéance.

« Croyez-moi, nous ne sommes pas de simples profiteurs. Là, je vous parle au nom de mon syndicat. Si nous luttons contre l'introduction de médicaments génériques en grand nombre sur le marché, c'est parce que cela condamnerait la recherche sur les nouveaux médicaments.

« Je n'ai jamais trop cru à l'influence d'Élisabeth sur Guillaume. Lui a une tête politique. Il ne mélange pas tout.

Delrieux me parlait comme un propagandiste. Je mentionnai négligemment le compte luxembourgeois, Bête comme Élise, histoire de dérouter la loco. Il resta de marbre, ne cilla même pas. Trop impassible, son visage ressemblait à un masque derrière lequel tout pouvait se dissimuler. S'il n'avait rien eu à cacher, il ne se serait pas masqué.

Il ajouta que tout le monde, les journalistes compris, aimait à imaginer le pouvoir politique comme un monde de secrets et de manigances, notre côté romanesque, mais que la réalité était plus banale, plus prosaïque que ça.

Qu'est-ce qu'Élisabeth était allée chercher dans ce monde-là ?

Je rentrai chez moi. Mon projet était de trier sa garde-robe, et, accessoirement, de lui faire les poches.

Pour quelqu'un comme Guillaume, personne ne laisse traîner des choses importantes dans des poches. Il ne m'aurait pas autorisée à embarquer les vêtements d'Élisabeth, s'il avait pensé autrement.

J'ai l'habitude de fermer à double tour la porte de mon appartement. Je l'ouvris sans avoir à donner un tour de clé. Je n'y prêtai pas trop d'attention car j'étais consciente de naviguer à vue ces derniers temps. Je ne me faisais plus confiance.

Mon appartement, l'appartement de Guillaume plutôt, a une circulation particulière. On entre dans le living qui communique avec la chambre qui communique avec la salle de bains qui ouvre à son tour sur le living.

J'accrochai la gabardine d'Élisabeth au portemanteau, en vidai les poches sur le guéridon, fis une halte dans la cuisine pour boire un verre d'eau, puis traversai le living pour pénétrer dans la chambre où régnait encore le plus grand désordre, d'autant que j'avais repoussé tout ce qui se trouvait sur le lit pour me faire un petit coin de sommeil : piles de vêtements écroulés, pulls débordant de leurs sacs plastique, chaussures en vrac, sacs jonchant le sol... Il fallait trier ce que je garderais de ce que je donnerais. Et maintenant me semblait préférable à tout de suite.

J'enlevai mon tailleur à jupe droite qui m'engonçait et décidai de rester en combinaison, plus pratique pour les essayages.

La porte de la salle de bains était fermée. Je suis plutôt portes ouvertes comme fille mais, encore une fois, j'étais dans un état d'esprit où rien ne pouvait me surprendre. Surtout pas moi.

Pourtant... Un tiroir de commode entrouvert laissait dépasser un bout de collant, le genre de petit désordre qui me dérange considérablement. Quel que soit mon état.

Je guettai les bruits, soudain inquiète, certaine même que je n'étais pas seule dans l'appartement. Quand on tend l'oreille trop fort, on entend des bruits inexistants. J'enjambai bruyamment le tapis de fringues, ouvris brutalement la porte de la salle de bains, en sortis par le minuscule et sombre corridor. La porte d'entrée se referma doucement. J'allai l'ouvrir, me postai contre la rambarde. L'escalier était vide. J'habite au troisième. L'intrus n'avait pas pu dévaler les marches aussi vite.

Le plus logique était de descendre et puis de remonter. Si je laissais la porte de mon appartement ouverte, le voleur pourrait y rentrer pendant que j'étais en bas. Je regardai par la fenêtre du palier vers la cour, mais si les flics me surveillaient, leur principe était de se dissimuler.

J'en eus assez tout à coup. Pourquoi risquer de me faire assommer quand je n'avais qu'à rentrer et fermer à double tour ? J'avais sans doute tout imaginé. Mais justement. J'étais fébrile, je dormais mal, j'étais fatiguée, tendue. Je devais absolument vérifier si mes inquiétudes étaient justifiées ou si je fantasmais à outrance.

Tout en restant aux aguets, je saisis mon trousseau

de clés sur le guéridon, retirai mes chaussures, les déposai doucement, fermai la porte et commençai de descendre sur la pointe des pieds en retenant mon souffle. J'entendis que quelqu'un montait quatre à quatre, je me retournai, dos au mur, prête à crier et me trouvai face à face avec Romuald, l'adolescent du cinquième, qui s'arrêta net en me découvrant à moitié nue, visage apeuré, brandissant mon trousseau de clés.

J'essayai de faire bonne figure, tentai un sourire crispé :

— Bonjour. J'ai cru entendre un bruit. Tu n'as pas croisé quelqu'un en montant ?

Il fit non de la tête et me dépassa en se tenant au plus près de la rampe comme on contourne un animal dangereux.

— Attends !

Je frisais l'hystérie.

D'un ton plus calme, j'annonçai que je voulais vérifier qu'il n'y avait personne là-haut pendant qu'il surveillait l'entrée de mon appartement.

Il n'y avait personne.

Je redescendis, annonçai comme une nouvelle rassurante que j'allais bientôt déménager et rentrai chez moi.

Je me figeai dans mon petit vestibule. Le téléphone portable d'Élisabeth avait disparu.

Il faut bien comprendre que je n'ai pas d'amis. Des relations à ne savoir qu'en faire, et j'avais eu Élisabeth, cru avoir Guillaume. La vérité vraie était que j'étais seule, personne vers qui me tourner. Et à qui aurais-je pu me confier sans confesser aussi mon rôle dans la mort de mon unique amie ?

Le portable d'Élisabeth avait disparu. Son fantôme sans doute l'avait dérobé, hein Sophie ?

Et pourquoi je m'agitais comme ça autour d'une pseudo-enquête ?

J'avais cru ôter le seul obstacle à ma vie. J'avais en réalité voulu faire disparaître l'objet de ma plus grande trahison. Comme si, pour soigner une petite plaie, je m'étais coupé le bras. Mon geste avait déclenché des réactions en cascade qui m'échappaient et me menaçaient, privée du seul soutien sur lequel j'aurais pu compter : celui d'Élisabeth. Que j'avais tuée. J'admets aujourd'hui l'aberration totale de mes sentiments, mais ne peux que les constater. Je regrettais, je regrettais, et cela me faisait une belle jambe.

J'allai me noyer dans le flot de vêtements qui encombraient ma chambre et sanglotai des heures durant jusqu'à ce que je m'endorme d'épuisement.

Je me réveillai dans le noir et dans un état de terreur indicible. Je restai parfaitement immobile.

Une respiration régulière, qui n'était pas la mienne, justifia mon alarme. Il y avait quelqu'un dans ma chambre, là, tout près.

J'avais dû bouger la tête en me réveillant car presque immédiatement une voix d'homme, une voix basse et calme, m'interpella :

— Vous êtes réveillée ? N'ayez pas peur. Je ne vous veux pas de mal, mais nous devons parler.

Son calme me calma.

— Il y a un interrupteur près de la porte. Vous voulez bien allumer ?

Je clignai des yeux avant d'accommoder ma vue. Un petit homme brun, sec, me regardait tranquillement.

— Ce bordel ! Vous vivez toujours comme ça ?

Il secoua la tête.

— Vous avez du café ? Si on faisait un peu de café ?

J'éprouvais cette incroyable lassitude qui naît de trop d'émotions. Les larmes avaient étréci mes yeux. Je n'avais même plus peur. J'étais hors jeu. J'aurais pu dire sans exagérer, sans le moindre pathos : « Allez-y, tuez-moi, finissons-en. »

Plus rien à foutre de rien. Ma vie était au-delà du gâchis.

C'est ainsi que mon visiteur et moi nous retrouvâmes à ma table, face à face, deux bols de café fumant devant nous. Il se présenta. C'était Bourgois, le détective privé. C'est lui qui était dans mon appartement à mon retour de la Défense. On lui avait dit qu'il disposerait de plus de temps qu'il n'en avait eu en réalité.

— Écoutez, en gros, on est dans le même bateau si j'ai bien compris. On est embarqués dans une affaire qui nous dépasse. J'ai cru qu'en me taisant et en faisant le mort, je pourrais passer à autre chose et oublier cette embrouille dont je me serais bien passé. On m'a fait comprendre que je devais d'abord faire le ménage.

— Qui ça, *on* ?

— Quand il ne s'est agi que de suivre votre amie Élisabeth, c'était son mari. Histoire banale de mari trompé, ai-je cru. Maintenant, je ne sais plus. Ça se passe par téléphone. J'ai été mêlé, il y a quelques années à cette affaire de meurtre de prêtre homo... Vous vous souvenez ? Bon, aucune importance. La personne qui m'appelle, elle, en sait long là-dessus. Disons qu'*ils* me tiennent. Ça ressemble aux Renseignements généraux, sauf que je ne comprends pas quel rôle ils joueraient dans cette affaire. Alors, je préfère faire place nette avec vous. Vous me donnez la cassette et tout ce que votre copine a pu vous refiler de compromettant et, vous et moi, on est débarrassés du même poids.

— Une cassette ?

J'eus du mal à avoir l'air de tomber des nues.

Il soupira.

— Bon, je comprends. Vous avez besoin de réfléchir. Je prends des risques considérables en jouant franc jeu avec vous. N'essayez pas de me dénoncer, je nierai tout en bloc. Nous ne nous sommes jamais rencontrés. OK ?

Il me remercia poliment pour le café, m'adjura de ne pas l'appeler, c'est lui qui me contacterait. Et il sortit.

Étrangement, je le trouvai sympathique. Un peu de bon sens dans un univers de folie faisait sans doute la différence. Oui, son délire paranoïaque me paraissait l'expression de son bon sens simplement parce qu'il justifiait le mien.

Et puis il avait l'air aussi paumé que moi, un professionnel pourtant ! Oui, c'était rassurant, sinistrement rassurant.

Je crus même que c'était le début d'une belle amitié.

18

PHILIPPE Kéroual est un grand type dominateur et silencieux. Si Sophie ne m'avait pas alertée, je ne me serais rendu compte de rien, tellement je l'intimide. Intimidais.

Maintenant, c'est tout vu. Notre directeur a une remarquable propension à intervenir dans les rares cours auxquels j'assiste, ou, pendant les conférences extérieures, quand il me prodigue mille et un conseils sans que je demande rien. Je n'aurai, semble-t-il, qu'à me baisser pour le ramasser.

Plus j'y réfléchis, plus cela me semble la bonne idée. Mon « boulot » me prend un temps fou et, avec le temps qui passe, je multiplie les chances d'une mauvaise rencontre, je fais de mon présent un futur passé encombrant. Enfin, je me comprends.

Par ailleurs, je n'avance pas assez vite pour mon goût, pour mon ambition plutôt. J'avais espéré dans la campagne législative, mais je me vois mal en bénévole dans le QG normand où Guillaume de Gurson se présente, mais où rien ne saurait justifier ma présence.

Philippe Kéroual en revanche... Il n'est pas richissime, mais il a un bon poste et, surtout, il connaît beaucoup de monde. Je me dis aussi qu'une femme mariée est moins intimidante qu'un électron libre. Je me donne une situation, au vrai sens du terme.

Bref, la mauvaise élève épouse le directeur de son école.

Sophie est consternée. Elle a beau jeu de me rappeler mes couplets sur l'indépendance et l'ambition.

Elle est entrée chez Joliane comme je suis entrée en chasse conjugale. Corps et âme. Elle avale sans mâcher leur paternalisme à l'ancienne. Elle est pressurée par des horaires non pas flexibles, mais extensibles. On s'appelle par son prénom, à l'américaine, et des remises de hochets sont organisées une fois par an. Elle commence déjà à gravir les échelons et se sent investie d'une mission via les cosmétiques. En attendant, je n'ai plus besoin d'acheter ni crèmes, ni mascara, ni rouges à lèvres. Je lui apprends l'art de la moue qui répartit le rouge également par un effet de succion d'une lèvre à l'autre. Le claquement maternel que je reproduis enfin, et qui me fait grande.

Sophie m'apporte des sacs de produits nouveaux que nous passons certains samedis à tester. Masques vert dégueulis sur la tronche, ouate imbibée sur les paupières, nous n'arrivons jamais à garder notre sérieux le temps que ça sèche. Et puis, à force, elle s'habille un peu mieux quand même.

Ce coup-là, elle m'en veut sérieusement. Elle n'est pas à mon mariage et cela me réconforte. Sa présence aurait fait ressortir le côté toc de l'entreprise. Après tout, ce n'est pas un mariage, mais le barreau d'une échelle.

Un tout petit mariage. J'ai vingt-deux ans, je suis orpheline, intimidée et entièrement sous la coupe de mon nouveau mari. C'est ce qu'il croit. Quant à notre intimité, nous baisons réglementairement et, c'est maintenant acquis, mon corps est mort. Tout cela n'a aucune importance.

Voyage de noces dans sa maison de famille près de Quimper. On rêve ! Moi, je me réveille. Ce type est un rat. Il compte chaque sou, tient les cordons de la bourse. Il vit dans une époque révolue. Au secours. À Paris, nous habitons son logement de fonction à l'intérieur de l'école, un petit trois pièces sans soleil, mais sans loyer non plus !

Et nous ne recevons jamais ! Ça coûte trop cher. Il a insisté pour que je me réinscrive aux cours pour une année supplémentaire et veille lui-même au grain.

Je crains d'avoir fait la connerie du siècle.

Mais je tiens bon quand il reçoit des invitations. Nous nous rendons à chacune d'elles et Sophie nous a inscrits, à ma demande et à contrecœur, pour tous les pince-fesses Joliane. Mon mariage m'aurait-t-il rendue plus présentable ? Le fait demeure qu'invitée je suis. Je prends mes marques. J'apprends qui est qui. Je tiens un carnet qui se remplit.

J'ai même réussi à décrocher un dîner à Matignon quand c'était le tour de garde d'un secrétaire qui souhaite m'épater. Je suis sotte, au fond. Qu'est-ce que j'espérais ? Que Guillaume serait là, miraculeusement, alors qu'il est déjà en campagne pour les législatives de l'année prochaine ?

Disons que je fais du repérage pour l'avenir. Guillaume, un jour, sera Premier ministre et moi à Matignon avec lui !

Je milite. Sophie croyait que c'était de la frime, mais non. C'est pour ça que je suis au courant de l'actualité de Guillaume. Être dans le même parti que lui me rapproche.

C'est d'un chiant. Je fais des enveloppes, des sourires, et mon enquête. J'en sais déjà long sur Guillaume. J'obtiens de petites confirmations. Gros travailleur, très respecté. Assimile les dossiers plus vite qu'il ne les lit. Un futur ministre. Marié, rangé. Séducteur, mais pas coureur. Comme beaucoup, il voit surtout sa femme grâce aux réceptions où elle l'accompagne. Elle, sa passion, ce sont les chevaux. Pour le reste, elle est assimilée à un abat-jour, d'autant plus utile qu'on ne le remarque pas. Les enfants sont dans le privé.

Guillaume a déjà servi de plume à un Premier ministre. Il a la réputation d'être loyal et fidèle. Il a des amis partout, même à gauche, et pas encore d'ennemis. Toutes les filles craquent pour lui.

Donc, le dimanche, je distribue des tracts, ce qui fait ricaner Philippe qui se prend pour un radical de gauche alors qu'il est plus réactionnaire que moi. J'ai un compte séparé que mon mari ne connaît pas. Mes économies fondent depuis que je n'ai plus de revenus.

Décidément, nous avons fait un marché de dupes. Il me croyait riche et malléable, je le croyais amoureux et dévoué.

Et puis, ce samedi, je décide de passer chez Sophie que je vois de moins en moins et qui me manque... c'est un comble. La force de l'habitude, sans doute. Elle n'habite plus chez sa mère depuis peu. Son cousin, Guillaume de Gurson, mon homme invisible, lui loue un appartement à prix d'ami. À mon avis, il lui a sauvé la vie.

Je frappe, la porte s'ouvre et je me retrouve face au proprio lui-même, l'homme de ma vie, en chair et en os, Guillaume de Gurson.

Je suis... Il est...

Reprenons. Je suis bouleversée, intimidée, pas préparée. Je me suis donné un rapide coup de brosse avant de sortir. Je n'arrive pas à me rappeler mon visage dans le miroir. Sans motif particulier, je me regarde peu. Je sais que je n'ai pas une ombre de mascara et je porte un caleçon noir et un gros pull. Je suis sûre que j'ai rougi. Sept ans, presque huit, que je l'attends. S'il pouvait se douter...

Il est au-delà de mes projections. Il est suprêmement élégant et beau. Enfin beau, mieux que ça. Raffiné et puissant en même temps. Un regard d'une intelligence aiguisée mais pour l'heure d'une douceur... Je suis émue de découvrir quelques filets blancs dans ses cheveux lissés en arrière...

Il a noué un foulard dans l'échancrure de sa chemise et ça lui va. Il porte un blue-jeans qui semble sorti de chez Saint Laurent et qui n'a donc plus rien à voir avec un blue-jeans.

Sophie sort une tête hirsute de sa salle de douche.

— Décidément, c'est le jour ! Qu'est-ce qui vous prend de débouler comme ça, sans prévenir ? Élisabeth, je te présente mon cousin Guillaume de Gurson. Guillaume, Élisabeth Kéroual.

Et je réponds, oui. Comme si je répondais à la question du prêtre. Oui, je le veux, oui, je le prends....

Il me propose d'aller boire un verre en bas pour laisser Sophie se préparer. Je suis sur un nuage.

Il commande deux cafés sans me consulter. S'il me les balançait en travers de la figure, je trouverais sans doute ça bien aussi. Je suis étrangement intimidée. Tout est neuf. Plus aucun savoir-faire ce qui, justement, fait l'affaire.

Il tient absolument à me mettre à l'aise, alors il m'interroge. Je lui explique, confuse, que non, je ne travaille pas, pas vraiment. Ma famille... enfin, ma mère a de l'argent. J'étais dans la même école que Sophie. J'ai fait des stages, j'ai essayé un peu de journalisme, un peu de relations publiques mais, la vérité, c'est que je suis velléitaire. J'admire les gens comme lui qui s'engagent.

Me voilà sur des rails...

J'ai suivi tout son travail sur les dépenses de santé publique. Je suis en accord complet avec sa défense réaliste de l'hôpital public à condition que ce ne soit pas la gabegie. Ses relations avec les personnels de la santé sont exemplaires. Et, à mon humble avis, il ne faudrait pas oublier les infirmières qui sont très appréciées de la population.

Je confesse alors que j'appartiens au même parti que lui, mais tout en bas, simple militante.

Je le passionne, je suis sur son sujet préféré : lui. Il s'étonne que Sophie ne nous ait jamais présentés. Je suis mariée ?

Ma confusion est totale. Spontanément, les larmes me montent aux yeux, ce qui les fait briller, je sais.

Je bafouille un peu. Je me suis retrouvée seule à Paris, je ne connaissais personne... je laisse entendre que ce pauvre Philippe a abusé de ma jeunesse, de mon provincialisme.

La compassion de Guillaume est sans bornes. Je vois bien qu'il fera tout pour me distraire de ce mariage vulgaire. Tout est tellement facile que la tête me tourne. L'heure également. Il doit filer, m'invite à un grand meeting où il doit prendre la parole. Après, on pourra aller boire un verre, si je veux bien.

Si je veux bien ?

Je suis remontée chez Sophie sans me rendre compte que je chantais à tue-tête. Elle l'entend, elle le note, elle s'étonne que Guillaume soit reparti sans même la saluer.

Elle me demande d'un ton aigre si je suis contente de l'avoir enfin rencontré mon grand plein d'avenir. J'ai vraiment l'intention de continuer en politique ?

En vérité ? Non. Enfin pas directement.

Guillaume ne souhaitera pas épouser une militante et...

À ma grande stupéfaction, Philippe vient d'avoir une bonne idée me concernant. Tout arrive. Il s'agit de monter une boîte de communication en forme de SARL. Il m'a expliqué. Je n'ai pas écouté. Il se chargera des papiers.

Mon travail ? Fournir des prestations à des politiques comme à des industriels. Cela va de la brochure d'information à l'organisation de cocktails. La mise de fonds de départ est minime. Ce qu'il reste de mes économies suffira. Sophie m'encourage et propose même de m'épauler.

Je vois bien que Philippe veut me stabiliser. Il n'a pas mis longtemps à réaliser qu'il n'avait aucune prise sur moi et il flippe, le malheureux, délaisse ses responsabilités. Finalement, oui, il est amoureux et ça ne m'arrange plus. Je suis obligée de lui interdire de m'accompagner partout. C'est lui maintenant qui propose de recevoir à la maison.

Je fais la moue. L'appartement est trop petit.

À la réflexion, pour que Guillaume souhaite me sortir de mon trou il faut bien qu'il m'y voie.

Finalement tout est en place pour un grand finale.

Je me fais la main au cours de trois ou quatre dîners. Philippe m'est encore un peu utile. Nous avons un petit numéro de duettistes sur la politique qui marche à tous les coups et nous permet de naviguer avec la même facilité à gauche comme à droite. Orientations dont tout le monde se moque au bout du compte. Ils sont allés dans les mêmes écoles, se tutoient pour certains et se fréquentent chaleureusement avant d'aller s'étriper pour de faux sur les plateaux de télévision. C'était bien la peine que je me soucie d'afficher des opinions.

Je vois Guillaume régulièrement, mais je garde mes distances. Si nous étions dans un dessin animé, ce à quoi ma vie ressemble de plus en plus, il aurait une langue qui traînerait sur deux mètres derrière lui. Il n'en peut plus. Moi, je savoure ces préliminaires.

Il ne sait pas que j'ai déjà fixé la date de ma reddition.

En attendant, j'ai à faire.

Maman dépérit à l'hôpital. Elle a fait plusieurs fugues. J'ai pris un week-end pour aller la voir. Son malheur n'en finit pas d'exacerber sa méchanceté. Je fais et ferai tout pour éviter le malheur dans ma propre vie.

Je suis allée visiter des maisons et j'ai signé un bail pour la location d'une petite bicoque avec un jardin. Il faut que je trouve une infirmière et je ne sais pas où m'adresser. Même bien payé, ce sera un sacerdoce. Je passe une petite annonce. Je reviendrai pour rencontrer des candidates.

Ma boîte marche mal. Je ne sais pas par quel bout commencer. Comment démarcher. J'ai trop de désordre dans la tête. Je relance Sophie. Elle boude. Elle trouve que je la délaisse. Il me semble être entourée de vampires.

Je la secoue. Je l'emmène dans les magasins. Elle commence à avoir de l'argent. Je contrains Philippe à nous emmener danser chez Gégène. Je bois. Je danse. J'interpelle les danseurs. Elle n'arrête pas de remonter son décolleté sur soutien-gorge pigeonnant. Un fort des halles vient l'inviter. Elle minaude que non pendant que je lui balance des coups de pied sous la table. Depuis les débuts de l'humanité, les femmes écartent les cuisses sans en faire tout un foin et ne s'en portent pas plus mal pour autant. Elle pourrait essayer. Et m'envoyer quelques clients. Elle a une idée, un certain Chavaux. Elle a du mal à le définir, un lobbyiste, en quelque sorte, un intermédiaire de génie. Il connaît tout le monde et en connaît long sur tout le monde.

Guillaume de Gurson m'a invitée à déjeuner chez Lipp ! Je fais semblant d'être totalement à l'aise, parfaitement dans mon univers. Je me surveille d'un œil de lynx, je ne bois pas trop et je lance la fiction : Élisabeth pauvre petite fille riche.

Je suis blasée, la vie m'a trop gâtée. Affectivement blessée. L'argent ne compense pas l'absence. Ma mère était trop occupée par ses mariages. D'où le mien, sans doute, conclu trop tôt. Fatal.

La vraie vie vous rattrape toujours.

Nous voilà sur le trottoir devant chez Lipp attendant la voiture de Guillaume. Soudain, je sens un œil inquisiteur. Je coule un regard sur le côté, mine de rien et je l'identifie tout de suite. Françoise, petite et ronde dans un anorak élimé en tissu brillant et elle m'a reconnue. Bien sûr. Mon contraire. L'ange de mon démon. Mais ce n'est franchement pas le moment.

Elle m'interroge du regard, je suis pétrifiée, elle dit, timidement :

— On se connaît, non ?

Je réponds avec un grand sourire :

— Non, vous devez faire erreur.

Elle se détourne sans insister, s'éloigne en claudiquant.

La voiture arrive. J'ouvre grand la vitre. J'étouffe. Je dois être cramoisie.

Ma rencontre avec Françoise m'obsède. Quelle honte ! Si elle est à Paris, je pourrais peut-être la retrouver. Alors je cherche sur Minitel, Paris, puis banlieues. En vain. Elle était peut-être de passage. Ou alors elle a changé de nom, s'est mariée.

J'ai été minable. Je me dégoûte. Il aurait été si simple de dire, oui, de la présenter, de prendre son numéro de téléphone. Le hasard ne repasse jamais le plat qu'on a dédaigné.

Alors, je fais ce que je m'étais juré de ne jamais faire. J'appelle le foyer. Et je demande à parler à madame Sergent. Enfin, un petit coup de chance. Elle est toujours en place. Elle me reçoit fraîchement. Par quel miracle ai-je trouvé un peu de mon précieux temps à gaspiller pour signaler, oh pas grand-chose, que j'étais encore en vie ?

Je m'excuse, je me fais humble et petite. Ce n'est pas difficile, le ton de sa voix me ramène loin en arrière, au temps où j'étais enfant et humiliée.

J'arrive enfin à donner la raison de mon appel.

— Françoise Davenne ?

La voix s'est adoucie. Ah, Françoise Davenne, elle, envoie ses vœux tous les ans... Mais de là à me donner son adresse, comme ça, juste parce que le caprice m'en a pris...

J'ai envie de pleurer, de raccrocher. La salope. Ma voix se brise :

— Dites-moi au moins... elle va bien ? Elle s'est mariée ?

— Allons, allons, Élisabeth, ne dramatise pas tout. Je ne suis pas une ogresse, non plus. Promets-moi juste une chose. Ça, je me le rappelle, tu tiens toujours tes promesses. Même les pires. Envoie-lui un petit mot et ne la vois que si elle le souhaite. Elle s'est construit une bonne vie. Elle n'aura peut-être pas envie...

Je comprends... qu'Élisabeth l'insolente, la rebelle, la replonge dans un passé misérable.

Je promets. J'obtiens l'adresse. Elle habite Fontenay. Je remercie. Oui, oui, j'essaierai de donner des nouvelles. Compte là-dessus !

Françoise m'appelle dès réception de ma lettre. Elle m'invite à dîner. Elle m'accueille comme une sœur, me présente son compagnon. Elle est enceinte. Elle est pareille. J'ai l'impression d'avoir mille ans. Elle ne me pose pas de questions sur notre rencontre. Elle m'a déjà pardonné.

Elle me demande quand même :

— De Gurson ? C'était lui ? Tu as réussi à le rencontrer ?

Je rougis, oui.

Elle secoue la tête, l'air sévère. Derrière ça sourit bien quand même. Je l'adore.

Quand je lui parle de ma mère, elle me parle de madame Wagner.

Françoise restera sûrement, toute ma vie durant, la seule personne qui ne m'aura jamais fait que du bien. La voir me fait du mal. Il me semble qu'elle comprend tout. Même ça. Elle ne me demande pas mon adresse. Il suffit que moi, j'aie la sienne.

Je ne lui dis pas que je suis mariée. J'ai enlevé mon alliance. Elle ne comprendrait pas.

À première vue, Antoine Chavaux est un plouc de la plus belle eau, vieux costume avachi, cravate défaite. Il est énorme. Il transpire beaucoup et ses rares cheveux sont gras. Il m'a carrément appelée pour m'inviter à déjeuner. Faire connaissance, dit-il. Sophie de Gurson lui a touché quelques mots de moi. Je connais son cousin, Guillaume ? Il me fait parler. Il est très bon. Surprenant. Il est intelligent, chaleureux, attentif et drôle. Inattendu. Il a encore des traces rocailleuses d'accent berrichon. J'adore. Je l'appelle rapidement Antoine. Il me dit de ne pas me tracasser. Il me trouvera quelques brochures à éditer. J'ai un peu d'expérience ?

Non ? Eh bien, j'apprendrai.

Mon mariage bat de l'aile de plus en plus frénétiquement. Je fais tout pour. J'ai invité Guillaume et sa femme à dîner. Il a eu l'air étonné. Évidemment, il ne sait pas qu'avant d'étouffer ma rivale, je dois l'embrasser. Il se dit juste qu'il a dû louper le coche ! S'il savait...

Honnêtement, je ne pensais pas que ce serait autant de travail pour un résultat qui ne fait que reculer, tel un horizon têtu.

19

ADELINE a accordé une longue interview à *Paris Match*. Elle dit modestement ne parler qu'en son nom. Elle s'explique longuement sur sa décision de taire ses sentiments personnels au moment de son divorce. On l'avait alors jugée froide et indifférente quand elle avait souffert en vérité, comme souffrent les épouses dans ces situations. Mais elle se méfiait à l'époque de ses réactions spontanées de femme blessée, injuste, forcément injuste.

Et là, de fil en aiguille, la voilà qui habille le pauvre cadavre d'Élisabeth pour une série d'hivers très rudes sans doute. Une petite intrigante qui a su jouer sur l'extrême sensibilité, sur la profonde générosité de Guillaume de Gurson. Rien de ce qu'elle lit dans la presse ne saurait étonner Adeline. Cette jeune femme appartenait à un autre monde. D'origine modeste certainement. Ce qui n'était pas un crime, certes. Mais elle avait été ambitieuse, sans avoir les moyens de son ambition. Guillaume, c'était d'ailleurs tout à son honneur, a toujours été contre les barrières. Adeline se disait persuadée qu'en aidant la jeune femme à grimper les échelons d'une certaine réussite, il voulait, aussi naïf que cela puisse paraître, rétablir une de ces injustices sociales contre lesquelles il luttait.

Oui, c'est cela, rétablir une injustice sociale. Joli lapsus. Une petite merveille de perfidie.

À la question de leur éventuel remariage, Adeline se contentait de commenter que ce serait certes très romantique de prononcer ses vœux une deuxième fois, mais sa conception désuète de l'amour lui faisait espérer une demande en bonne et due forme.

J'ai fini l'article sans vomir.

J'aurais aimé savoir qui se cachait derrière Bourgois, le privé déboussolé. Guillaume, soufflant le chaud et le froid ? Delrieux, qui avait effectivement tenté de me retenir dans son bureau, le temps que Bourgois achève son travail ?

Et si Mangin me faisait suivre, comment avait-il pu laisser un cambrioleur agir en toute impunité ?

J'avais fini le tour des crapoteux qui entouraient Élisabeth, me semblait-il, et n'étais pas plus avancée.

Je reçus un coup de fil d'une des agences immobilières qui me cherchaient un appartement. J'acceptai un rendez-vous pour le soir même. C'était une surface intéressante dans un immeuble en chantier dont les travaux seraient terminés dans les trois mois.

Je tentai, sans enthousiasme, de rétablir un peu d'ordre dans mon appartement que les atours d'Élisabeth submergeaient. En jetant le papier kraft de mon paquet-poison, j'aperçus un peu de jaune et décollai un post-it sur lequel était écrit d'une main appliquée : « Vous pouvez me joindre à ce numéro... » La signature : Françoise Davenne.

J'appelai sans me laisser le temps de réfléchir et tombai sur un type qui m'annonça que sa femme était à l'école et serait de retour vers dix-sept heures.

Oui, bien sûr, je pouvais passer. Si j'étais une amie d'Élisabeth, leur porte me serait ouverte à toute heure.

Il n'avait pas l'air ironique... Françoise Davenne, j'étais sûre de n'avoir jamais entendu Élisabeth prononcer ce nom. Ils habitaient Fontenay. Rien de bien menaçant là-dedans.

Bon, la cassette était chez Guillaume. Je possédais une clé de son appartement, ce dont il ne se doutait pas, donc, pour l'instant, elle était en sécurité là-bas. Je ne voulais m'en servir qu'à bon escient.

J'en apprendrai un peu plus en fin de journée, de cette Françoise Davenne et dans la série « la vie continue », j'avais rendez-vous pour une négociation de hausse de salaire avec Michel Pons.

Il me l'accorda d'emblée, me félicita pour tous les projets de lancement menés à bien. Nous fîmes un de ces petits tours d'horizon inutiles sur la géopolitique mondiale du cosmétique, les marchés en cours, les difficultés rencontrées encore à l'Est mais leurs futures possibilités infinies. Et il me renseigna sur différents projets de sponsoring qui viendraient améliorer l'image de la marque.

Puis il se leva, alla ouvrir la porte de son bureau et la refermer et me dit, d'un ton soudain perché en haut de la gamme, son accent méridional renforcé :

— Vous avez dû être très affectée par la mort brutale de votre amie.

— Oui, bien sûr.

C'était le dernier endroit où j'aurais imaginé que le fantôme d'Élisabeth me poursuivrait.

— Elle ne vous a jamais parlé de moi ?

Je revis instantanément Élisabeth mi-figue, mi-raisin, quand je lui présentai mon patron, lui déjà en place, moi débutante. Et je fermai les yeux parce que j'avais réussi jusque-là à faire l'impasse sur des révélations qui me dérangeaient, mais qui allaient se confirmer, que je le veuille ou non.

— Je vois que si. Vous avez été d'une discrétion exemplaire. Je vous en remercie. Vous possédez cette qualité habituellement masculine de ne jamais donner dans le ragot et l'indiscrétion.

Il faut savoir que le P-DG de notre entreprise est un protestant rugueux et raide qui n'hésiterait pas à se débarrasser d'un employé dont la vie ne lui semblerait pas remplir les exigences de sa propre morale, fort exigeante. Quant à mon patron, je n'étais pas étonnée, il a toujours été misogyne

— Une femme étonnante. On s'est croisés au Luxembourg... Non, pas le pays, le jardin, après la nomination de son mari à la Santé. Elle m'a reconnu quand même et elle m'a souri d'un drôle de sourire. C'était indéfinissable, mais il m'a semblé qu'elle avait choisi une fois pour toutes la posture de l'équilibriste, marcher sur un fil. Nous avons passé une partie de l'après-midi ensemble. Elle ne vous en pas parlé ?

Misogyne peut-être mais attentif quand il s'était agi de ma copine, aurait-on dit. Elle avait possédé un indéniable ascendant sur les hommes dont j'étais sûre qu'il pouvait être démonté, réduit à sa mécanique simple. Pour l'instant et une fois de plus, je ne pouvais que constater son effet indéniable et répété.

— Non.

— Une femme étonnante. Elle voulait rencontrer Pierremin. J'étais surpris qu'elle ne fasse pas appel à vous. Elle voulait proposer les services de sa boîte de communication...

Pierremin, vice-président chargé de la communication. Normal qu'elle ne m'en ait pas parlé. Je lui aurais remonté les bretelles vite fait.

Le cher homme lui avait donc organisé un rendez-vous dont Pierremin s'était montré, semble-t-il, très satisfait, puisqu'il avait débouché sur le projet bosniaque.

Et voilà pourquoi ma copine avait un dossier Joliane dans ses archives. Et comment Pierremin avait suivi son idée d'envoyer des cadeaux sous forme de produits de beauté en ex-Yougoslavie pour soutenir le moral des civiles en déroute. J'avais approuvé cette politique de tout mon cœur, même si je savais que Joliane s'ouvrait ainsi de futurs marchés florissants en formant en quelque sorte une clientèle à venir. Mais, au moins, nous ne faisions aucune communication sur ce type d'action.

Explication simple : Élisabeth avait vendu l'idée et décroché un contrat pour sa société. Mais pourquoi venir jardiner sur mes plates-bandes ?

Je lui demandai pourquoi il avait choisi d'évoquer mon amie disparue justement maintenant et il répliqua, l'innocent, qu'il craignait de voir son nom cité dans la presse... Avec toutes ces révélations qui sortaient aujourd'hui sur le passé scabreux de la malheureuse défunte !

Il avait couché avec Élisabeth. La belle affaire.

Je le rassurai sans rire.

L'Élisabeth que je connaissais devenant de plus en plus improbable, j'avais besoin d'en savoir plus, mais qui connaissais-je d'assez compétent, d'une part pour démêler cette histoire de compte au Luxembourg, d'autre part pour m'expliquer les rouages politico-économiques de notre jolie société et d'assez loyal en plus pour m'assurer le secret ? J'en revenais toujours à mon impossible confession.

Je passai une bonne partie de ma journée à corriger la copie de ma nouvelle assistante, désastreusement fâchée avec la syntaxe, comme je ne manquai pas de le lui reprocher. Elle fondit en larmes. Les jeunes ne savent plus travailler. Cossards et susceptibles.

Je la laissai se calmer toute seule et décidai de monter au cinquième voir une collègue qui avait dû être au courant de l'opération en Bosnie. Je l'interrogeai comme on navigue à vue. Elle se rappelait très bien Élisabeth qui s'était énormément investie dans le projet. C'est elle, en particulier, qui avait proposé que les distributions se fassent à partir des hôpitaux, des lieux protégés et rassurants, et qui avait personnellement chapeauté les premières mises en place.

Élisabeth en bonne dame charitable, j'avais du mal à y croire.

Puis je quittai le bureau en laissant plein de consignes contraignantes et minutieuses à mon assistante qui n'aurait jamais terminé avant vingt heures trente.

Les petites compensations du pouvoir.

À dix-sept heures tapantes, je sonnai à la porte de Françoise Davenne, modeste pavillon dans un quartier calme et résidentiel de Fontenay.

Une petite rouquine m'ouvrit la porte, hurla aussitôt : « Maman ! » puis me dit bonjour en m'embrassant, me dit se nommer Ninon, vérifia que je venais bien de la part d'Élisabeth, et termina en me confiant, d'un ton plein de sous-entendus, qu'Élisabeth lui avait toujours apporté des cadeaux. Et moi, est-ce que j'en avais ?

J'aurais dû penser à des cadeaux ! Je devais bien avoir des échantillons de vernis à ongles au fond de mon sac. Je me mis à fouiller dedans frénétiquement.

Françoise Davenne apparut alors, me fit entrer dans son petit living meublé IKEA. Je ne remarquai pas tout de suite qu'elle boitait, car elle se déplaçait avec beaucoup d'aisance. La table était jonchée de dessins de plantes. Elle m'expliqua qu'elle préparait une leçon de botanique pour sa classe. Elle était institutrice en maternelle.

Ninon traînait à mes basques, reniflant la bonne affaire. Je réussis à extraire une poignée de produits en vrac. Elle poussa des cris stridents, de joie, je crois. Françoise s'exclama, très gênée, j'insistai. Elle renvoya sa fille, ferma la porte et me proposa un thé ou un café. Tout le temps son regard m'évaluait.

De toutes les surprises posthumes d'Élisabeth, Françoise Davenne était la moins attendue. Elle avait une quarantaine d'années, elle était toute menue avec un visage rond de poupée russe, ses cheveux presque blancs, coupés court en mèches désordonnées. Elle portait une robe chasuble assez large pour accommoder sa rondeur sympathique. Pas un pet de maquillage, notai-je automatiquement.

Elle entra tout de suite dans le vif du sujet. Elle avait hésité à joindre son adresse au paquet car l'idée d'un envoi anonyme ne lui plaisait pas, même si c'était ce qu'Élisabeth avait souhaité. Elle avait à la fois craint et espéré que je la contacte.

Elle n'avait pas idée de ce que contenait le dépôt d'Élisabeth, ne savait sans doute même pas qu'il y avait une cassette. Elle n'aurait jamais fouillé le paquet. Ce n'était pas ce genre de femme. Elle appartenait à une autre vie d'Élisabeth, une vie qui m'était inconnue.

Spontanément, elle me donna des informations. Elle-même était une enfant de la DDASS, née d'un accouchement sous X et n'avait jamais été adoptée à cause d'une polio qui lui avait raccourci la jambe droite. Elle avait rencontré Élisabeth dans une famille d'accueil. Élisabeth, elle, n'avait pas de père et avait été retirée à la garde de sa mère, pour mauvais traitements; les conséquences habituelles de la misère et de l'alcoolisme, commenta Françoise Davenne, comme une évidence.

Dans la famille d'accueil, ça s'était mal passé et les deux gamines s'étaient retrouvées dans le même foyer, sœurs soudées par le malheur.

Puis leurs choix de vie les avaient séparées, mais Françoise disait n'avoir jamais jugé Élisabeth qui avait une revanche à prendre sur trop de souffrance. Comme beaucoup d'enfants maltraités, elle avait été très attachée à sa mère, n'avait jamais accepté leur séparation.

J'écoutais, éberluée.

L'image d'Élisabeth, enfant gâtée, élevée dans le luxe par une mère absente, se transformait en chimère sous mes yeux. Une chimère parmi tant d'autres appelées à la rescousse d'une vie malmenée. Élisabeth s'était inventé une filiation de conte de fées tout en jurant à son amie Françoise qu'elle se taillerait un destin à sa mesure. En attendant, la violence l'emportait sur la raison et, face aux vaines et brutales révoltes d'Élisabeth, Françoise, élément modérateur, cherchait l'apaisement, tentait de la réconcilier avec la réalité.

— Sans grand succès, je dois dire. La beauté peut

être une malédiction. C'est une telle source de pouvoir.

Un jour, en regardant les infos à la télévision, elles étaient adolescentes alors, elles avaient vu Guillaume de Gurson parler des problèmes de la Santé, dont elles n'avaient franchement rien à battre. Élisabeth, subjuguée face à l'écran, avait annoncé sur un ton péremptoire :

— J'épouserai cet homme-là.

Une chimère de plus, avait pensé Françoise, sauf que celle-là était devenue le moteur de la vie d'Élisabeth.

— Sans faire de psychologie de cuisine, Élisabeth avait trouvé le père de ses rêves et l'avait habillé d'un costume sur mesure, à ses mesures à elle, petite fille battue et mal aimée. Et elle y est arrivée, c'est ça le plus étonnant. Elle était prête à tout, et je crois bien qu'elle a tout fait. Elle a tout appris de la vie de cet homme. Elle m'écrivait encore quand elle est montée à Paris et je me rappelle son excitation quand elle a découvert qu'une parente de Guillaume fréquentait la même école d'attachés de presse. C'était vous, n'est-ce pas ?

Je sais à quel point c'est ridicule, mais en écoutant son récit, je me sentis flouée. Le monde autour de moi n'en finissait pas de changer de contours et, soudain, il n'en avait plus du tout. Cela devait se voir ou peut-être Françoise avait-elle le regard particulièrement fin car elle me demanda tout à coup :

— Ça va aller ?

De retour dans ma voiture de location, un coup d'œil au rétroviseur me renvoya mon visage rouge, gonflé, mes yeux brillants. Fiévreuse et anesthésiée tout ensemble par le choc. Et il fallait continuer d'avancer.

Impossible de me rappeler l'adresse de mon rendez-vous. C'était Faubourg-Saint-Antoine, mais quel numéro ? Je renversai mon sac. Mon carnet était resté chez moi. J'allais être en retard. Je fonçai à l'appartement récupérer mon carnet et repartis à fond la caisse.

Je sentais le désordre envahir progressivement ma vie mais au moins, pour une heure, j'allais être occupée, je n'aurais pas à penser.

Il n'y avait personne à l'adresse indiquée. Un immeuble sur cour en travaux à tous les étages, tel qu'il m'avait été décrit. Inoccupé donc. Je montai au deuxième. La porte était entrouverte. Je la poussai, appelai. Personne.

L'employé de l'agence était en retard.

J'entrai pour me faire une idée du lieu. C'était étrange, les pierres mises à nu, des planches entassées, les fenêtres, immenses trous béants. Je pris appui sur une rambarde et regardai en bas vers la cour quand une poussée violente dans mon dos me propulsa en avant. Je lâchai prise, me trouvai violemment catapultée vers le vide. Je me rattrapai à un montant de l'échafaudage, oscillai entre extérieur et intérieur jusqu'à me stabiliser. Je cherchai un appui pour mon pied, ma chaussure glissa, tomba quelques mètres plus bas. Je n'osai plus bouger.

J'entendis alors des pas dans le silence et tâchai de me tourner vers l'intérieur, voir mon assaillant si c'était bien lui qui revenait. Et puis un bras ferme m'attrapa, me remit d'aplomb et, me serrant très fort, m'aida à lâcher prise, puis à me laisser tomber vers l'appartement en ruine. Je tournai le visage pour identifier mon sauveur. C'était Mangin.

— On m'a poussée.

Je le criai avant même d'avoir repris pied dans l'appartement, pour éviter qu'il me soupçonne de je ne sais quoi.

Il me regarda d'un drôle d'air.

— Venez !

Il me prit par le haut du bras comme s'il craignait de me perdre et m'entraîna vers l'escalier, récupéra ma chaussure, me tira le long du trottoir, jusqu'à sa voiture où il me fit monter.

— Il faut que je porte plainte. Ce n'est pas moi. Je n'ai pas essayé de sauter. On a voulu me tuer.

— Je vous emmène chez moi, dit-il d'un ton sans réplique.

Je me laissai aller contre le dossier, fermai les yeux. C'était bon d'être prise en charge.

20

J'AI besoin d'argent. J'ai besoin d'argent tout de suite pour en avoir plus tard. J'ai besoin d'argent pour ne pas avoir l'air d'en avoir besoin.

Je tourne et retourne la carte du photographe dans ma main. Qu'est-ce qui me retient de sauter le pas ?

J'en parle enfin à Sophie. Sa réaction pourrait faire croire que je viens de décrocher un premier rôle dans une superproduction hollywoodienne. Sa naïveté me tue.

Dans la seconde qui suit, elle s'exclame que c'est trop dangereux, je vais peut-être me retrouver dans un réseau de traite des blanches, un de ses fantasmes les mieux ancrés. Sophie évite les cabines d'essayage des magasins pour femmes car, selon elle, on risque de tomber dans des trappes, après quoi on est chloroformée et enlevée. Elle y croit vraiment.

C'est ce qui me décide, j'imagine. Son hystérie à laquelle j'oppose un sang-froid raisonné. Elle note l'adresse où je dois me rendre, prête à dépêcher un escadron de CRS à ma rescousse.

En réalité, le type que j'ai rencontré n'est pas un photographe mais un « booker » dans une agence.

C'est lui qui organise les rendez-vous et négocie les tarifs des mannequins.

Dès que je mets le pied dans l'agence, je réalise que j'ai tout faux. Les filles qui vont et viennent en parlant fort et en anglais avec des accents divers, qui pouffent derrière leurs mains et fouillent en permanence dans d'immenses sacs pour ne rien en sortir, ont plutôt seize ans que vingt. Elles sont gigantesques, maigres, avec de petits visages sans caractère et elles sont toutes habillées n'importe comment, jeans, tee-shirt. Elles s'habillent au décrochez-moi-ça, dirait ma mère. Je suis sur mon trente-et-un et je détonne complètement, une vraie plouc, comme si, décidément, ça me collait à la peau. Une chose au moins que j'ai acquise, faire semblant : je fais semblant d'être à l'aise, je souris large. Le type s'est levé et je sens à son regard qu'il s'interroge sur son jugement hâtif quand il m'a rencontrée dans la rue.

Il frappe à une porte, me fait entrer dans une pièce où derrière un bureau arrondi un petit homme gros et chauve est assis. François Peno est poli, mais très business. Il me demande ma taille. Un mètre soixante-huit, un peu « short ». Il fronce les sourcils, semble regretter. Me demande si je serais prête à faire de la lingerie. Les formes sont appréciées en lingerie. Quand je commence à me sentir mal à l'aise, je me rappelle les bribes de conversation que j'ai entendues tout à l'heure. Le tarif horaire se négociait à mille francs. Tu as besoin d'argent, Élisabeth.

Il me propose de faire des tests photo aux frais de l'agence. Je suis débutante, ils connaissent de bons photographes débutants. Chacun se rend service.

Sophie n'en revient pas. Elle me regarde avec des yeux énamourés et examine les couvertures de *Elle* et de *Marie-Claire* à la loupe. Elle m'y voit déjà en pleine page. J'ai beau lui expliquer que je me suis renseignée, les magazines paient mal, on y travaille pour le prestige et c'est ce prestige qui permet de dégotter les boulots qui rapportent, catalogues et publicité, elle me rêve affichée dans les kiosques, reine de la semaine.

Elle se rend à une réunion de famille chez sa tante à la campagne. Et moi, je lui envie tout, la famille, la réunion, même la tante. Elle a beau me dire que c'est sinistre, qu'elles sont traitées en parentes pauvres elle et sa mère qui divague et prend des airs de duchesse dans ses vieilles robes Chanel. Chanel quand même !

Puis elle rougit et m'apprend que Guillaume sera là, heureusement. Avec lui, au moins, on peut parler. Après la présidentielle, il se présentera aux législatives. En Normandie. Sa femme a de l'argent et sa belle-famille est implantée dans la région depuis trois générations.

Ces familles qui comptent par générations quand moi je m'arrête à la précédente, et d'un seul côté encore.

Je sais que Sophie est impressionnée par la femme de Guillaume et adore en dire du mal pour compenser. Je n'ai qu'à lui poser une question et hop :

— Quel éteignoir, celle-là. Elle fait mémère, on dirait sa mère et elle ne lui lâche pas la grappe ! Je ne sais pas comment il fait pour la supporter.

Je l'asticote un peu. Au fond, je suis ravie. C'est quoi, son problème avec Guillaume ? Elle est amoureuse de lui ?

Elle devrait apprendre à ne pas rougir, elle est

encore plus moche. Et tu parles d'un secret! Guillaume l'a emmenée au cinéma quand elle avait douze ans et on dirait qu'il ne s'en souvient même pas tellement il est condescendant avec elle.

— Il faudrait te saper autrement, Sophie.

— Arrête, je suis un cas désespéré.

— Je voudrais que tu essaies un ou deux trucs à moi...

Elle hurle, scandalisée. Je suis plus petite, plus mince, plus délicate, plus belle, plus, plus, plus qu'elle.

Je la soupçonne parfois de dissimulation. Elle pourrait être sinon jolie, du moins baisable, mais son côté passe-muraille lui est utile. On vit dans un pays où une femme séduisante est une menace pour les autres femelles prêtes à l'abattre au premier signe de faiblesse. Une femme quelconque se fait facilement oublier. Je suis socialement ambitieuse, elle l'est professionnellement.

Et le prouve. Un stage de trois jours à France-Matin, et elle sort un scoop. Un entretien exclusif avec la meurtrière présumée d'un patron de restaurant qui refusait tout contact avec la presse. Un article sensible, délicat. La femme fatale venue de Russie, une belle blonde, froide et cynique, s'y révèle une gamine immigrée, sortie de la misère, naïve et amoureuse, dépassée par sa nouvelle culture et la tragédie qu'elle subit sans moyen de se défendre. Son compagnon, la victime, en prend pour son grade d'exploiteur machiste. Un article culotté de la part d'une stagiaire.

— Ton cousin l'a lu?

— Guillaume? Les faits divers, ce n'est pas sa tasse de thé.

— Quand même ! Il y a de quoi l'épater ! Sans toi, la Maroussia se faisait condamner sans procès.

— Tu parles d'une conne ! Sais-tu qu'elle n'a rien à son nom ? Il allait soi-disant l'épouser, elle aurait quand même pu assurer ses arrières et attendre un peu.

— Tu crois qu'elle l'a tué ?

— Évidemment. Mais elle sera acquittée. En partie grâce à moi.

J'en reste effarée. Moi, j'ai cru à son article. Et la rudesse avec laquelle elle me met les points sur les *i* me choque.

Je la regarde s'attifer avec sa négligence habituelle. Je me recommande davantage de prudence dans mes rapports avec elle. Une fille compliquée, Sophie. Dangereuse. Qui m'aime et parfois me déteste. M'en souvenir.

Les photos ont foiré. Je ne suis pas douée, je ne suis même pas photogénique. À ma déception, je mesure à quel point j'y croyais.

Je suis dans le bureau de François Peno. Il est silencieusement empathique. Il a la délicatesse de ne pas enfoncer le clou à coups de commentaires.

Il prend la parole avec un luxe de précautions qui m'alerte. Il m'explique qu'un de ses amis, un richissime homme d'affaires saoudien doit effectuer une croisière en Corse et serait ravi d'une compagnie féminine. Rétribuée bien sûr : dix mille francs pour le week-end.

J'allais protester, la somme m'a cloué le bec.

Peno se charge de l'intendance et si tout se passe bien, d'autres opportunités...

Je n'hésite pas vraiment. Après tout, j'ai déjà subi

des outrages payés en espèces trébuchantes au cours de l'abjection et de la violence. Alors qu'est-ce que j'ai à perdre, sinon une belle somme à gagner... ? Une fois, une seule !

Je n'en mène pas large en débarquant sur le yacht aux cabines d'acajou, enfin c'est ce qu'on m'a dit, j'ai tout à apprendre. Je ne peux pas m'empêcher de me dire que si on a pu m'avoir gratos, celui qui paie va vouloir des drôles de trucs pervers, humiliants...

Eh bien non ! Hafez a la cinquantaine bedonnante sans complexe et c'est un gros paresseux. Il aime bien que j'enlève mon soutien-gorge pour mieux bronzer et il mate et, de temps en temps, tâte. Il a des petits doigts boudinés brutaux, mais surtout, je pense qu'il me trouve joliment assortie à son yacht.

Le lit est immense. C'est la première fois que je vais passer une nuit entière avec un homme.

Une fois sa petite affaire faite, il s'endort bras ouverts sur le dos et ronfle. J'attends un peu. J'enfile un peignoir de bain et je furète. Je m'installe sur le canapé en cuir noir et je me raconte que tout ça est à moi, mais ça ne marche pas. J'ai peur qu'il se réveille. Si je ne suis pas à disposition, il ne voudra peut-être plus casquer. Alors, j'y retourne et au rythme des ronflements d'Hafez, je me fais des scénarios cauchemars où je rencontre Guillaume dans une soirée élégante. Je suis sapée comme une vieille pute, je ris trop fort, vulgaire, grossière, marquée. Il se détourne, horrifié, et un mac de série B vient me coller sa paume sur les fesses en me disant que ce n'est pas un client pour moi.

Quand je me réveille, Hafez est en train de faire sa prière. Je pense à tous les whiskies qu'il s'est enfilés la veille. Et puis je ne pense plus à rien parce qu'il s'est assis, jambes écartées avec son gros ventre posé sur les genoux, et qu'il m'appuie sur la nuque pour me mettre en position.

Je passe une semaine à Istanbul avec un antiquaire américain qui m'apprend à reconnaître le vrai du faux, le beau du laid. Je suis douée, paraît-il, sans doute parce que je suis à la fois le faussaire et son produit.

Mon alibi pour Sophie, c'est ma mère, richissime et capricieuse. Je la fais beaucoup rire avec mes portraits de ses maris directement inspirés de mes clients. J'essaie de rire avec elle, sans m'étouffer sur mes glaviots.

Je lui ai expliqué que mannequin, c'était trop de contraintes, et comme je n'ai pas besoin d'argent... Elle m'envie ma vie.

Et moi, je me regarde tout le temps dans la glace. J'ai peur, un jour, d'y voir une charogne desséchée. La vraie Élisabeth doit être en train de pourrir dans un recoin obscur, mais la fausse ne change pas, en apparence.

J'apprends mon métier. J'apprends à être une emmerdeuse mais pas trop, à être imprévisible, à donner aux clients l'impression de recevoir une faveur. Je leur en donne pour leur argent. Je suis très demandée, ce qui me permet de poser mes conditions.

Je m'inquiète parfois de mon corps mort, mais mon absence de plaisir semble être un plus. Je simule comme dans les films, quand la situation l'exige, mais le mec le moins attentif voit bien que le fond du fond reste retranché, hors d'atteinte.

Alors on me redemande. On me demande même en mariage, deux fois.

Je trouve une maison de retraite à peu près correcte pour maman. Elle n'est pas si vieille, mais tellement usée déjà. Comme elle me déteste ! Elle me déteste d'être jeune, d'être belle, de payer, elle me déteste d'être gentille, elle me déteste toujours, éternellement d'exister. Elle rétablirait la peine de mort juste pour me châtier de ma culpabilité indélébile. Il me semble que si on pouvait, une fois, une seule fois, faire la paix et se tenir la main, ou s'étreindre, nos bras en coquilles protectrices, ou simplement laisser nos corps échanger leur chaleur, nos corps qui n'en ont fait qu'un autrefois, la vie serait définitivement transformée.

Mais non, elle m'en veut et, inlassablement, je lui tends une joue puis l'autre, comme si un jour le baiser devait finir par remplacer la gifle.

Enfin, au moins, elle est dans un endroit un peu joli, où le personnel est sympathique et où je découvre que les vieillards sont insensés. Ils se jouent Règlements de comptes à OK Corral à toute heure. Chaque journée se nourrit de querelles enfantines, de griefs montés de toutes pièces. Le temps passé aux toilettes, le courrier reçu ou pas, les visites, quantité, qualité comparées. Des journées entières de commentaires sur rien... Comme ils nous ressemblent.

La méchanceté de maman s'épanouit dans ce milieu propice.

Sophie me présente enfin la sienne de mère. Son regard aiguisé par des générations de spécialistes me jauge sans que je puisse espérer faire illusion. Sa condescendance me glace. Ses bonnes manières m'achèvent. Elle révèle ma conscience de classe que je croyais quelque peu atténuée. Un jour, on ne verra plus la différence. Je ne serai jamais marxiste. Elle l'est, bien qu'elle soit une guerrière passive.

Sophie est mal à l'aise. Je décide de passer outre et j'observe leur incroyable ressemblance. Face à sa génitrice, Sophie retrouve malgré elle sa langue maternelle qui m'exclut sans condition. Elle vous-soie sa mère tout en utilisant un vocabulaire d'une grossièreté que ma pauvre maman n'aurait jamais admise dans ma bouche.

L'intérieur suffoque sous le poids du passé. Petits guéridons fragiles surchargés de bibelots, portraits d'ancêtres assombrissant les murs, absorbant la lumière du présent, et des vitrines, des vitrines à n'en plus finir, poussiéreuses, encombrées. Les tasses à thé en porcelaine redorée à l'or fin, je sais voir ces détails désormais, sont mal lavées et le sucrier crasseux.

La mère de Sophie ne sait tout bonnement pas faire le ménage. D'autres s'en sont chargés pour elle toute sa vie et maintenant que ces autres ont disparu, elle fait comme si le délabrement réel de sa vie n'existait pas. Regard aveugle. Leçon pour moi. Je veux toujours faire partie de ce monde, mais avec les moyens adéquats.

Je pense à ma pauvre soûlarde de mère, au froid, et à tous ces hommes, les tontons et les autres qui finissaient toujours par la talocher comme si elle avait besoin de cette preuve-là de son existence. Elle les provoquait et moi je faisais pareil avec elle sauf qu'elle ne m'a jamais adressé les coups qui m'au-raient rassurée, je crois, parce qu'au moins, ç'aurait été un lien entre nous et pas ce vide dans lequel mon cœur a disparu.

Sophie n'a pas embrassé sa mère en arrivant. Je remarque que leurs corps s'évitent.

Sur le trottoir, je serre mon amie contre moi et je l'embrasse dans le cou. Elle est rouge, elle est gênée. Je lui crie que je l'aime, qu'elle est mon amie. Je l'entraîne par le bras et j'accoste les passants et je leur dis :

— C'est ma meilleure amie. Une fille formidable. Je suis si fière d'elle.

On se beurre ce soir-là, délibérément, on ne dit que des bêtises et on finit en larmes, assises sur le trottoir en bas de chez moi à nous répéter « heureusement qu'on s'a », et tout ça vu qu'on sait que, au fond du fond, c'est quand même une chierie que la vie.

Je suis à deux doigts de tout lui dire, mais je me retiens. Quelle catastrophe ce serait pour mon avenir ! Mais oui, j'y crois encore. Plus que jamais.

On en rit encore ce matin où je suis venue exceptionnellement assister aux cours.

Je convoque Sophie dans mon nouvel appartement, une petite location dans un immeuble ancien en plein Marais. Je lui ai raconté que maman avait fini par céder. Elle aimerait le partager avec moi mais ça, c'est impossible.

Je la plante devant le miroir. Elle est à pisser de rire. Elle se regarde en biais, à des angles impossibles.

Je lui impose le regard pleine face. Regarde-toi. Regarde comme ta taille est fine et tes épaules larges et carrées et tes hanches rondes. Tu as un corps de femme comme les hommes en rêvent. Je fouille dans mon placard qui commence à déborder de partout et j'en sors une courte veste très marquée à la taille et une jupe évasée à partir des hanches.

Son vernis d'intello craque. Elle s'épate elle-même.

Je lui ordonne de garder le tailleur, en dépit de ses protestations.

Je la maquille ensuite mais là, c'est le désastre. Elle se frotte les yeux machinalement, s'essuie le visage en parlant et se retrouve avec des traînées partout. Elle est moins douée que moi. Y a du boulot.

En attendant, je la couvre de cadeaux. Elle n'imagine pas comme ça me soulage. Elle se sent mon obligée. Elle est mignonne.

Mais je me heurte toujours à sa réticence dès qu'il s'agit de m'introduire dans son monde qu'elle prétend ne pas fréquenter, subir parfois simplement, pure obligation.

J'ai loupé tous les examens. Je laisse tomber. Trop occupée. L'argent rentre, mais je piétine. Sophie décroche un stage chez Joliane qui débouchera peut-être sur un contrat au bout de six mois.

Je ressens cela comme une trahison. Parce qu'elle avance, sans doute. Je lui demande si c'est par relations qu'elle l'a obtenu. À contrecœur, elle m'avoue que le P-DG a bien connu son père. N'empêche qu'elle devra faire ses preuves comme tout le monde. Tu parles !

Je lui imaginais plus d'ambition dans la vie qu'un boulot dans les cosmétiques. Elle proteste mollement. Une fois dans la place, elle pourra peut-être me faire embaucher. Ce serait génial de travailler dans la même boîte, non ?

D'un air dédaigneux, je lui annonce que j'ai des visées un peu plus hautes.

Elle me rappelle que je n'ai rien foutu à l'école à part taper dans l'œil du directeur, que je ne connais rien de la vraie vie, que je suis surprotégée et que je fais tout en touriste. Une velléitaire.

Moi, j'ai tapé dans l'œil du directeur ?

Tu ne t'en es pas rendu compte, c'est ça ?

Je ne lui réponds pas car non, je n'y ai pas fait attention, mais maintenant qu'elle en parle...

Elle reprend : c'est quoi mes hautes visées ?

La politique. Je me suis inscrite au parti de Guillaume.

Elle reste sans voix, mais trouve un rire inextinguible d'où il ressort en désordre que je n'y connais rien et qu'elle me voit mal en militante de base, surtout que ce n'est pas comme ça qu'on fait carrière. Il faut des relations, de l'entregent, sortir d'une grande école...

— Et ton cousin ?

— Il a tout ça lui, justement. Et il est supérieurement intelligent.

— Tu n'as qu'à me le présenter.

Silence. Un silence qui veut tout dire et marque bien les limites de notre pseudo-amitié.

— Regarde-moi bien, Sophie. Un jour, tu te couvriras la tête de cendres et tu reconnaîtras à quel point tu m'as sous-estimée. En attendant, je te souhaite un avenir radieux dans les crèmes de beauté et les teintures de Monoprix.

— Oh, arrête ton cirque. On va dîner ?

— Non, j'ai à faire.

J'ai à faire. Je viens de décider que j'allais me marier. Il faut savoir rebrousser chemin et emprunter un détour quand on est au cul du sac.

21

CETTE nuit-là aurait pu devenir la plus belle de ma vie. Elle aura été la pire et peut-être le tournant après lequel plus rien ne pouvait être pareil. Ou disons que ç'a été ma vie en raccourci.

Mangin et moi sommes restés un bon moment dans sa voiture. Je tremblais à cause du choc que j'avais subi. Mangin, calme et gentil, me demanda si j'avais une solution alternative, un endroit où aller. J'étais persuadée que je ne serais en sécurité nulle part. Il eut beau me répéter, juré craché, qu'il n'avait vu personne, je savais, moi, qu'on avait voulu me tuer. Et, tout à coup, je le fixai d'un regard que je voulais perçant mais qui devait trembler aussi.

— Comment vous êtes-vous trouvé là, vous ?

— Et merci, jamais ?

— Répondez-moi.

— J'arrivai chez vous quand je vous ai vue partir comme pour un départ de grand prix. Je vous ai suivie.

Il haussa les épaules. La routine.

— Vous vouliez quoi ?

— Vous tenir informée. On a retrouvé des pages incohérentes sur l'ordinateur portable de madame de Gurson. Suicide confirmé. Ça arrange tout le monde. Affaire close.

Alors, c'était fini.

— J'ai pensé que vous trouveriez ça injuste... parce qu'elle était votre amie.

— Vous avez décidé que c'était un meurtre.

— Oh, décidé... je me méfie des morts qui arrangent tout le monde.

— Et moi, vous m'avez sauvée du suicide, c'est ce que vous croyez ?

— Vous avez abandonné votre voiture de location, phares allumés, la clé dans le contact et le contenu de votre sac vidé sur le siège avant. Vous faites une consommation importante de calmants, non ?

J'en restai sans voix. Je ne m'étais même pas rendu compte que j'avais laissé la voiture dans cet état.

— Venez chez moi. C'est ce qu'il y a de mieux, je vous assure. Je dormirai sur le canapé.

Je respirai un grand coup, tâchant de faire taire ma méfiance. Cet homme-là n'était pas un tueur téléguidé par les politiques, ses maîtres. Il m'avait sauvé la vie. Il était honnête. Il cherchait la vérité. Si seulement j'arrivais à lui en fourguer une qui me disculpe tout en satisfaisant ses interrogations...

— C'est gentil, merci. Oh, non arrêtez. Il faut que je récupère mes affaires.

Il me rassura. Il avait tout récupéré, fermé les portières, éteint les phares. Mon sac était là, sur le siège arrière. C'était la première fois que je me trouvais en présence d'un homme aussi rassurant, gérant tout pour moi. La première fois peut-être que j'autorisais un tel comportement.

Bel immeuble décati dans le Xe, grand escalier majestueux et puis, dès que j'eus franchi la porte de l'appartement lui-même, je ne pus me retenir de dire :

— Vous vous seriez bien entendu avec Élisabeth.

Il me jeta un œil interrogateur. C'était juste à cause du fouillis. L'appartement sentait le tabac froid et le désordre était inimaginable. Une grande pièce faisait office de tout. Cuisine, bureau, salon, salle à manger. Des piles de journaux dépliés, articles découpés, pas classés. Des vêtements abandonnés, tenue de sport et raquette de tennis dans un coin, cendriers débordants, vaisselle sale.

Il me proposa de me trouver un siège en dégageant comme je pouvais une surface convenable.

— C'est pour ça. Pour le désordre. Elle était pareille.

— Sauf qu'elle devait avoir des gens pour nettoyer derrière elle.

Il n'avait pas l'air gêné d'ailleurs. Il ouvrit la fenêtre sur rue, alla fouiller dans le frigidaire. Il sortit des lardons, éplucha des oignons, tout en me demandant d'ouvrir une bouteille de Côtes du Rhône que je devrais récupérer dans la caisse près de la télévision sur laquelle le tire-bouchon me tendait les bras. Organisé dans son bordel. Il ouvrit une boîte de petits pois et tandis que l'odeur de veau revenu dans de la graisse d'oie emplissait la pièce qui n'avait pas besoin de ce fumet supplémentaire, il me demanda :

— J'ai du mal à réconcilier ce que je vois de vous avec ce qu'était Élisabeth de Gurson. Certes, les contraires s'attirent mais là...

— Je sais ce que vous voulez dire. Elle était belle, moi pas, elle était brillante, moi pas, elle avait fait un beau mariage, je suis la maîtresse d'un homme marié, etc... Peut-être que j'espérais qu'à force de me frotter à sa vie, elle déteindrait sur moi.

Je haïssais l'amertume de ma voix.

— Non, je pensais que vous étiez indépendante, forte, que vous aviez fabriqué votre vie, votre réussite. Elle, finalement, n'était qu'une courtisane qui avait réussi à faire une fin.

— Ça, pour faire une fin...

— Oui, le terme était mal choisi. Pardon.

Je commençai par lui expliquer avec mon ton d'institutrice que ces histoires de call-girls étaient des inventions de journaleux en mal de copie.

Il m'interrompit et m'affirma qu'il avait vérifié. C'était rigoureusement exact. Elle avait fait partie d'un réseau pendant trois ans. C'était une bonne gagneuse. Ses employeurs étaient très contents d'elle. Ils avaient été très contents de son mariage avec de Gurson. Ça pouvait servir.

Évidemment. Je me rappelais ses croisières, ses départs précipités parce que sa mère la réclamait, par caprice, près d'elle, cette riche mère, trois fois remariée, qui n'avait été qu'une pochetronne prête à se vendre pour une bouteille de rhum et un peu de chaleur humaine.

Au fond de moi, avais-je jamais cru à ses sornettes ? N'avais-je pas préféré remplir à sa guise le rôle qu'elle m'avait confié ? Trop contente de jouer les utilités.

Il repoussa quelques papiers sur sa table pliante pour nous faire place et, tout en nous servant, continua :

— Logiquement vous devriez la mépriser. On peut difficilement imaginer une vie plus asservie et plus vénale.

Le vin me chauffait dangereusement la tête, son

petit frichti épicé n'arrangeait rien et tout cela me semblait trop injuste.

Je me lançai donc dans une défense *post mortem,* lui déballai tout ce que je venais de découvrir. Elle était seule, elle n'avait rien, personne pour l'épauler, elle avait eu un rêve et elle s'était donné les moyens de le réaliser.

J'étais écarlate et véhémente, ivre et ridicule, et à part ça quoi de neuf ?

Il me dit doucement :

— Vous aussi.

— Non, moi, j'ai eu une éducation, une situation sociale. C'est énorme dans notre pays. Elle n'a rien eu de tout ça.

— Mais vous ne le saviez pas. De votre point de vue, elle avait eu bien plus que vous. Qu'est-ce qu'elle a bien pu vous apporter ?

— Vous ne la connaissiez pas. Elle avait un appétit de vie, une gaieté, un charme. Elle embellissait tout ce qu'elle touchait.

Moi, elle m'avait touchée et embellie. Je me rappelai nos séances aux Puces, puis la torture du miroir, comme elle disait. Elle me répétait : « Regarde comme tu es jolie. Arrête de cacher tout ça. Tu n'es pas comme tout le monde. Pourquoi je devrais être seule à le savoir ? Tu as le genre de corps dont les hommes raffolent. »

Sa mesure permanente : le regard, le désir des hommes. Sa seule et unique jauge.

Une fois, je m'étais enfuie de chez le coiffeur en blouse, cheveux dégoulinants, et elle m'avait couru après.

J'entendis sa voix rieuse. « Ce soir, tu dînes avec Bernard Devant. C'est un vrai con mais il aime les femmes, vraiment. Tu te laisses faire, je te l'ordonne. Tu ne tombes pas amoureuse, je te l'interdis. »

Et je me retrouvai, horriblement mal à l'aise face à Bernard Devant ou Derrière, faisant semblant d'apprécier la conversation, pendant qu'il mastiquait les aliments tout en me mastiquant des yeux, certaine qu'à peine sur le trottoir, ce serait : « Chez toi ou chez moi ? »

Je disais toujours chez toi pour pouvoir partir après une étreinte plus ou moins compliquée.

Pour Élisabeth, c'était mécanique, pour moi, c'était apparemment plus sensible.

Parfois, je me rebellais, j'en avais marre de faire de la récup' dans ses poubelles... Elle prenait son air docte de laborantine sévère et me disait : « Phase d'expérimentation, un jour tu voleras de tes propres ailes. »

Et j'avais volé, je lui avais volé son mari avant de lui voler sa vie.

Je m'étais levée de table, je haletais, je suis tombée sur le canapé. Mangin est arrivé avec un verre d'eau. Il m'a déboutonnée. J'étais habillée entièrement en Élisabeth, soutien-gorge à baldaquin comme elle appelait les balconnets et slip de dentelle minuscule.

Il s'est assis à côté de moi, m'a soutenu la tête pour m'aider à boire et en se penchant, naturellement, m'a donné ses lèvres à la place du verre qui s'est tranquillement renversé sur moi, fraîcheur de l'eau, remplacée par la chaleur de ses mains. On s'est contorsionnés sur l'étroite banquette, on a glissé sur le tapis élimé et poussiéreux et on a fini par gagner sa chambre, petite cellule de moine impeccable, toute blanche, un lit tout blanc avec simplement au mur une reproduction d'un tableau de Hopper, *Rooms By The Sea*, je crois, ma première vision du matin quand j'ouvris les yeux tandis que Mangin dormait, vautré les bras en croix, occupant les deux tiers du lit.

Je me suis perdue un moment dans la lumière vive du Hopper, une maison magique suspendue entre terre et mer dans une improbable géographie, une résidence inhabitée, à inventer, un lieu de volupté et de clarté à dix mille lieues de ma propre vie. Comme cette nuit magique de plaisir rude et tendre, à donner et recevoir à égalité. On peut rêver. Je ne regrette pas le rêve.

Puis je me suis levée. J'ai trouvé du café, une cafetière italienne. J'ai regardé par la fenêtre. Une boulangerie était ouverte juste en face. J'ai enfilé ma jupe, le sweat de tennis de Mangin, je me suis débarbouillée devant son petit miroir rond accroché à un clou et je suis allée acheter des croissants.

Je l'ai appelé de la porte :

— Petit déjeuner au lit ou en salle ?

Il avait ce visage d'enfance qui me fait aimer les hommes au réveil, avant qu'ils ne rajustent leur masque d'adultes.

Il avait l'air incroyablement embarrassé quand il m'a rejointe.

— C'est pas grave, je lui ai dit.

Il a souri. Ses yeux du matin sont plus bleus.

— Tu es belle, tu sais.

— Non, je ne suis pas belle, mais ça non plus, c'est pas grave. Je te dirai un jour à quel point cette nuit... mais je n'ai pas envie d'être solennelle.

Je lui versai du café, avalai ma tasse rapidement. Tout me semblait tout à coup simple et limpide.

— Voilà, merci. Et je voulais vous dire : vous avez raison. Élisabeth a été assassinée. Je sais par qui, je sais pourquoi. Surtout je crois savoir qui a armé la main de l'assassin et laissé faire son sale boulot. C'est une manipulation et des intérêts qui dépassent la pauvre victime et son malheureux assassin.

Il m'a regardée, les yeux écarquillés, comme si j'étais en plein délire. Je parlais d'une voix douce et calme, qui résonnait bizarrement à mes propres oreilles, mais je n'y pouvais rien. Une force extérieure, irrésistible, s'était emparée de moi et je me laissais volontiers faire.

Je lui ai souri.

— Juste une petite vérification et je reviens. Ne vous inquiétez pas. Je ne risque plus rien.

Il n'a pas eu l'air rassuré. Je voyais son regard attentif. Il était prêt à me ceinturer, mais j'avais déjà pris ses clés de voiture. En trois pas je fus à la porte.

— Confiance, faites-moi confiance. Je dois y aller seule.

Il était en caleçon, ne pouvait pas aller bien loin.

J'ai retrouvé l'adresse griffonnée sur mon calepin.

Dans l'ascenseur, une inquiétude panique me saisit, venue de nulle part, puis disparut.

Une petite étiquette au-dessus du bouton de sonnette me confirma que j'étais au bon endroit. Je me sentais encore ensoleillée de ma nuit avec Mangin. Habillée comme une gamine, les cheveux libres sur mes épaules et le visage nu, je n'avais rien de menaçant. Je ne l'étais pas d'ailleurs. Pas encore.

Bourgois ouvrit la porte et l'ombre de la peur voila son regard, aussi rapide qu'un nuage masquant le soleil par grand vent.

— Je peux entrer ? Ce que j'ai à vous dire....

Je jetai un regard explicite vers l'escalier, vers

l'autre porte du palier avant de revenir à lui, ou plutôt au petit appartement que je devinais derrière lui. J'avais aperçu un trousseau de clés sur les étagères de la minuscule entrée.

Il recula et je pus avancer, juste assez pour refermer la porte.

— Je voulais vous rassurer. La police a conclu au suicide d'Élisabeth de Gurson.

Il ne disait rien, se contentait de me regarder fixement. Mon œil fureta, découvrant un intérieur de bricoleur, assez moche. Le canapé clic-clac devait faire office de lit, une table ronde et quatre chaises ne semblaient pas servir souvent. Une porte était entrouverte sur une douche et des waters réunis dans un espace minimal. Pas de bibliothèque, pas de bureau, pas de coffre. Il ne gardait aucun document ici. Parfait. Je revins à lui.

— Je suis en mesure de vous certifier qu'aucune révélation ne risque de surgir au grand jour.

Son silence finissait par me mettre mal à l'aise. Il portait une barbe de quelques jours, l'angoisse creusait son regard. Je repris la parole :

— Je vais déménager mais vous pourrez me joindre au bureau. Je vous laisse le numéro de ma ligne directe. Vous avez de quoi écrire ?

Il se détendit alors, me fit signe d'attendre et me tourna le dos pour aller chercher un stylo et du papier.

Je raflai les clés si vivement qu'elles ne tintèrent même pas mais disparurent silencieusement dans la poche kangourou du sweat de Mangin.

Je lui notai un numéro inventé. Est-ce une preuve de préméditation ? Je ne crois pas. Je ne savais pas encore qu'il n'aurait pas l'occasion de l'essayer. Ce fut d'instinct.

La ville me sembla déserte. Simplement parce qu'on était dimanche et qu'il était si tôt. Un calme de mort, un calme effrayant, la ville comme un grand cimetière.

Le bureau de Bourgois était un rez-de-chaussée sur cour. Là non plus pas de code. Je laissai les volets fermés, allumai l'électricité. Une première pièce avec un bureau et un fauteuil en cuir, sa licence au mur, une petite table sur le côté avec un ordinateur et son imprimante.

En enfilade, une deuxième pièce où se trouvaient un coffre, une armoire métallique qu'ouvrit la cinquième clé. À l'intérieur, des dossiers soigneusement étiquetés et rangés.

Ce fut facile, l'homme était ordonné. Un cartonnier avec l'étiquette « É de Gurson », le double d'un rapport sur les quinze derniers jours de la vie d'Élisabeth, et son portable.

Je pris mon temps. Bourgois avait présenté tous les symptômes de la dépression phobique. J'étais certaine qu'il allait rester enfermé dans son odeur d'inquiétude et de moisi, sans même penser à ses clés.

Je trouvai facilement mes repères.

Une petite note tapée indiquait chaque fois la remise des rapports au client qui n'était pas nommé, simplement désigné par un numéro.

Le dossier contenait des photos troublantes et un texte factuel.

Bien calée dans le fauteuil de Bourgois, je l'ouvris sur une photo d'enterrement. À Paris. Je reconnus le petit copain de Chavaux. Élisabeth fantomatique. Et puis un autre enterrement, dix jours plus tard. Petit cimetière, Élisabeth, le visage ravagé de douleur et une femme inconnue.

Je restai sur les quatre derniers jours précédant notre départ dans la Creuse.

Élisabeth devant sa pension d'étudiante, Élisabeth entrant dans notre école d'attachées de presse, tête levée, rue Tronchet devant la plaque de l'agence de mannequins où avait eu lieu ce rendez-vous qui m'avait tellement paniquée, exaltée, Élisabeth au Luxembourg, songeuse près de l'aire de jeux remplie d'enfants, Élisabeth lasse et sombre avec son ami Arthur Cognard, et le cliché le plus fascinant pour moi. Cette rencontre voulue par Élisabeth comme un écho du passé. Le Boul' Mich, elle à sa table, moi au comptoir la cherchant des yeux. Ce cliché comme un regard neutre capable de révéler objectivement un souvenir commun à l'une et à l'autre, par l'une et par l'autre déformé.

Élisabeth disait toujours que mon visage trahissait le moindre de mes sentiments. C'était le cas. J'esquissais la moue d'une enfant sur le point de pleurer, qu'Élisabeth n'avait pas pu voir car j'avais détourné mon visage. Mais son visage à elle... tendu vers moi, tendre et abandonné, un visage que je ne lui avais jamais connu, celui qu'elle gardait au secret. Sa fascination pour le portrait de Dorian Gray dont je compris qu'il était, chez elle, inversé. La bonne personne restait cachée tandis que l'ambitieuse, l'arriviste, la manipulatrice s'exhibait. Ce tirage révélait l'être tendre.

Je sus qu'elle me manquait, me manquerait toujours. Nous nous étions aimées sans pouvoir nous le dire, les mensonges sans importance avaient occulté les sentiments vrais, à me désespérer de la vie.

Des cloches retentirent, proches. Trop tard. Trop tard.

Je basculai la tête en arrière, yeux fermés, et

repensai à ces derniers jours comme si Élisabeth revisitait un passé qu'elle allait quitter. On quitte le passé quand on meurt, ou n'était-ce qu'un adieu avant un départ en voyage ?

Comment aurait-elle su qu'elle allait mourir ? Elle ne se serait jamais suicidée...

Pourquoi le dossier de Bourgois s'arrêtait-il la veille de notre départ dans la Creuse ? Comment quelqu'un aurait-il su qu'Élisabeth allait mourir ? Bourgois rongé par la peur. Pourquoi ?

Une seule personne forcément aurait la réponse à ces questions.

J'ai trouvé une place facilement. C'était un dimanche matin. Les rues étaient calmes.

Sur mon trousseau, se trouvait la clé qu'Élisabeth m'avait donnée, il y a si longtemps. Je m'en suis servie, naturellement.

L'appartement respirait l'ordre et le pouvoir. Mes parfums préférés, au fond. Assis dans le petit salon, Guillaume était impeccable, les cernes de la lassitude adoucissaient sa gravité.

— Tu vois, je suis encore vivante.

— Je t'attendais.

Je m'immobilisai.

— J'ai quelque chose à te montrer. Si tu veux bien l'introduire dans le magnétoscope.

Il m'indiquait une cassette un peu sortie de la bibliothèque. J'allai la prendre, étonnée, tout de même. Une étiquette indiquait simplement : LA MORT D'ÉLISABETH.

Je sortis la cassette, la glissai dans la fente et, pendant que Guillaume appuyait sur la télécommande, je m'assis à côté de lui.

22

Il faut fêter mon départ, ma nouvelle vie. Je décide de coucher avec Michel, parce qu'il est gentil. Je ne veux pas arriver devant Guillaume, ma virginité en bandoulière. Le pauvre garçon a mis des bougies partout. Il est bouleversé. Pas moi. Et ça ne m'a rien fait. C'est fait, c'est tout.

Paris, à nous deux ! Tu parles ! Gare Montparnasse, il y a moi et quelques millions d'individus. Enfin, individus... Ça grouille, c'est affairé qualité supérieure, mais ça n'a pas de visage. Tout le monde a l'air d'aller quelque part. Incroyable. Ça, tu as intérêt à savoir où tu vas ici. Une ébauche d'hésitation, une minuscule station pour poser mon sac, tâcher de me repérer et c'est parti... la foule se rue sur moi, à qui sera le premier à me piétiner, à me bousculer, à me renvoyer chez moi. Chez moi. Ha !

Hier n'existe pas. Je suis neuve à inventer. Je ne me laisserai pas intimider. Un peu de respect. J'ai payé d'avance. À mon tour de jouer des coudes pour rejoindre l'escalator qui me précipite dans les enfers souterrains où des monstres bruyants dégueulent puis aspirent des grappes humaines qui s'ignorent ostensiblement. À mon avis, les autres voyageurs sont des miroirs trop impitoyables. Un jeu de perdants, genre regarde-moi, regarde-toi, petit pion déplacé sur un échiquier invisible par une main toute-puissante. Mieux vaut regarder ailleurs. Par la vitre, où il n'y a rien à voir.

Moi, je ne suis pas gênée. Je dévisage les gens, agrippée à mon sac. Pas question de le poser même s'il pèse de plus en plus lourd. J'ai quinze métros de retard, c'est clair. Je ne perdrais rien à abandonner ma valise en route. Ma garde-robe pue la province. Je les repère, les femmes d'ici. Un foulard noué négligemment (mon œil) pour tenir les cheveux, escarpins ou ballerines selon la jupe et pas d'erreur. Rouge à lèvres dès le matin, t'imagines ! À y regarder de près, elles ont des avantages parfois minuscules, mais le parti qu'elles en tirent... Y a du boulot, ma petite, y a du boulot.

Les hommes, je ne les vois même pas. Personne, d'ailleurs, ne les regarde. Quant à moi, je suis venue pour un seul. Et ce n'est pas dans le métro que je le rencontrerai. Un jour, moi aussi, je circulerai dans une voiture avec chauffeur.

Pasteur. C'est là que je change, si jamais j'arrive à sortir. Je m'excuse, demande poliment qu'on me laisse passer. Quelqu'un hurle : « La porte ! » Pourquoi tous ces regards exaspérés ? Je pousse, me faufile. Ouf, je suis sur le quai, la rame est repartie. Direction Mairie-d'Issy.

Ça y est, me voilà à Vaugirard. C'est plus calme. Tant de rues pourtant, tant de voitures. Je demande mon chemin. On m'ignore. Je ne resterai pas invisible longtemps. J'apprendrai. J'apprendrai le mode d'emploi de cette étrange ville. Un kiosque à journaux. Je redemande. Un coup de menton pour m'indiquer le plan de Paris proche. Ici on ne fait pas agence de renseignements.

J'essaie de me repérer. Je pose mon doigt à l'intersection de la rue de Vaugirard et de la rue des Favorites; je suis mon doigt. Mon doigt, c'est moi. Rue Sainte-Félicité, première à gauche.

Je m'élance.

J'arrive au foyer. Protestant. Pas cher. Où j'ai été recommandée par cette salope de madame Sergent, grâce à Françoise.

La dame est polie, neutre. J'ai droit au règlement et à mes deux clés. Les horaires sont stricts. La chambre est petite. Un lavabo. Une fenêtre à barreaux, rez-de-chaussée oblige. Les toilettes sont proches. La douche dessert cinq chambres. Une autre clé, plus petite. On me fournit le linge usagé en pile sur mon matelas. Avec les draps.

Je ferme la porte; je pose mon sac. Je m'assieds sur le lit. J'ai cinq mille francs en poche. Les cours commencent dans une semaine. Je l'ai rêvé, ce jour de mon arrivée dans la capitale, ce premier pas de ma marche triomphale. Et, tout à coup, je n'y crois plus. J'ai l'habitude de la solitude, j'ai l'habitude de la dureté, mais un trou de panique s'élargit et m'avale. Tu peux toujours crier, tu peux toujours pleurer, personne ne t'entendra. Élise la bête, Élise la belle!

J'ai vingt ans. J'étais jolie là-bas, pourquoi ne le serais-je plus ici? Je suis courageuse, je sais ce que je veux, il n'y a pas de raison.

Allez, se secouer.

J'ouvre ma fenêtre. J'étouffe toujours dans les lieux clos. Je fais mon lit. Je vide mon sac. Quatre cintres derrière un rideau. Je déplisse ma jupe, ma bonne robe en jersey synthétique, deux tee-shirts, deux pulls, sous-vêtements. Tout cela ne fera pas long feu. Je me le jure. Je tire le rideau. Le passé disparaît.

Le soir tombe et je n'ose pas sortir. Je mange mon dernier sandwich, assise sur un tabouret. Je bois l'eau du robinet. Un biscuit. Un jour, je tiendrai le haut de la table, servie par des valets en gants blancs et je rirai en basculant la tête en arrière et on me trouvera charmante. Je me regarde dans la glace et j'efface tout, le bleu trop fort autour des yeux, la bouche redessinée au crayon marron, le cheveu crêpé. Je brosse mes cheveux, longs et souples et brillants. Ils resteront comme ça, lâches. Demain, pas de maquillage. J'entre en phase d'observation. Chasser la peur de mon regard. Je travaille mon jeu de physionomie. Œil en coin, sourire ébauché, commissures plissées, moue à la Bardot. Indémodable. Tête penchée de trois quarts, bouche entrouverte, le sourire se fend, s'élargit. Pas mal. J'ai une belle peau. Je ne fume pas, mais je sais emprunter la cigarette d'un homme pour une bouffée. J'ai peur que ça fasse un peu plouc ici. Apprendre les règles.

Je me déshabille, frotte mes chaussures avec un chiffon doux avant de les déposer bien parallèles au pied du lit. Je plie mes vêtements au fur et à mesure, pyramide régulière sur le tabouret. Je me brosse les dents. Je fais très attention à mes dents. Le dentiste coûte cher. Je me passe le fil soigneusement du fond droite au fond gauche, en haut en bas. Je me fais un sourire éclatant. « Quel joli sourire ! » On me l'a trop dit. Une autre forme de ma soumission. Je saurai m'en servir. C'est le sourire de ma mère. Sa revanche.

Je chasse les larmes d'un coup de main énergique. Le lit est froid. Je ne trouve pas ma place. L'oreiller est fin. Je cale ma tête. Je regarde autour de moi et je vois ma cellule. J'ai recréé le foyer, mon coin dans le dortoir du foyer. Mes dents grincent. Un bruit horrible. Le bruit de ma rage. J'envoie balader drap et couverture. Je shoote dans mes chaussures qui virent, je dissémine mes vêtements d'un revers. Je pose ma brosse à cheveux au milieu de mes livres. Il n'y aura plus jamais d'ordre dans ma vie et un jour ce seront des vêtements coûteux, des soieries et des cachemires et des bijoux en vrai qui valdingueront au souffle du même mépris aux quatre coins de mes cent mètres carrés. Non, mille mètres carrés. J'habiterai un palais bien protégé et bordélique où les domestiques feront régner l'ordre que j'aurai les moyens de mépriser. Je me recouche. Je regarde la photo de Guillaume scotchée dans mon carnet de notes. J'éteins et je commence à meubler mon appartement, à remplir mes placards, à m'inventer des tenues de soirée devant un miroir à trois faces. Je suis une reine. On chuchote sur mon passage. On quémande la faveur de m'être présentée. Je reste affable, mais distante; je m'endors alors que je traverse mon domaine à cheval, mes paysans, casquette à la main, s'inclinent respectueusement sur mon passage.

J'ai besoin d'argent. Il ne m'a pas fallu trois jours pour m'en rendre compte. Tout coûte ici. Le café au comptoir est à quatre francs. Moins cher qu'en salle. La carte Orange pour le métro, inaccessible. Je suis allée chercher la liste des fournitures pour l'école. Je fais tache. J'en ai repéré d'autres comme moi. Elles allaient par deux. Pas folles. Mais moi, je ne veux pas être de celles-là.

Premier repérage. Premier miracle. J'ai demandé à consulter la liste des nouveaux étudiants. Ce n'est pas habituel, mais le concierge est un homme. Je lui fais ma mimique trois, celle de l'enfant perdue, femme à trouver. Je prétends être à la recherche d'une amie d'enfance dont j'ai oublié le nom et dont on m'a dit qu'elle était inscrite aussi.

Je passe vite. Ce qui m'intéresse, c'est les adresses dans Paris. Je veux une vraie Parisienne. Une Parisienne du VIIe arrondissement ou proche. Je recopie trois noms et puis, tout à coup, la chance, comme un signe du destin pour me dire, tu ne t'es pas trompée d'embranchement, c'est bien par là.

Sophie de Gurson. Il ne peut pas y avoir deux familles de Gurson. Je note son adresse. Je repasse la feuille discrètement sous la vitre. J'exulte.

Il me faut de l'argent. Plus que jamais. Je ne pense qu'à ça.

Je rédige deux séries d'affichettes. L'une proposant mes services de baby-sitter dans le XVe arrondissement. L'autre d'étudiante donnant des cours de soutien scolaire. J'ai mon bac quand même.

J'explore ma ville, la ville sur laquelle je régnerai un jour. Je marche sans m'arrêter. Si on s'arrête, il faut de l'argent. À chaque station, la tentation. Partout, il y a quelque chose à acheter, à consommer et d'abord et surtout des fringues, des fringues. J'en ai le tournis. J'écume le XIVe, le VIe arrondissement. Je dévore les étiquettes, ce qui ne fait qu'augmenter ma fringale. Tu parles d'un budget !

Ouf, mon premier baby-sitting. Habiter un foyer de jeunes protestantes rassure les parents, voilà l'avantage. Je suis déçue. Je croyais tomber chez les riches. Un tout petit appartement rue de Vaugirard. Un jeune couple. Un bébé. Qui hurle dès que ses parents sont partis. Je le prends dans mes bras, il gazouille, s'endort. Je le repose dans son berceau, il hurle. Je le reprends...

OK, j'ai compris. Ce n'est pas moi qu'il va apitoyer avec ses yeux pleins de larmes. Il l'a facile, lui. Un lit douillet, des parents aimants. Il sent le lait. Il me dégoûte. Je le remets dans son lit, je ferme la porte. Il braille. Je ne sais pas ce qu'il faut faire. Je vérifie sa couche. Sèche. Dès que je m'occupe de lui, il se détend, sourit. Un charmeur. J'étais comme ça aussi, un bébé confiant qui demandait le monde entier et qui a embrassé le vide entre ses bras tendus.

Je le tiens dans mes bras et je pleure. Il est tout étonné. Maintenant, il a peur. Je lui fais peur. Il sanglote. C'est un cauchemar. Je le recouche. Je m'assieds à côté et je lui raconte mes rêves en chantonnant. Je m'apaise et il s'endort. J'ai trouvé une idée à haute voix. Je lui fais un petit baiser, et je vais téléphoner.

— Bonsoir. Est-ce que je pourrais parler à Sophie ?

Une voix de femme. Éduquée. Ça s'entend tout de suite. Il faudra que j'apprenne. J'entends que je parle trop fort, je martèle mes syllabes. J'essaie de copier la voix avec ses étranges intonations.

— Non, nous ne nous connaissons pas. Je m'appelle Emmanuelle Saint-Cyr. J'ai trouvé un livre qui lui appartient, je crois. J'aurais aimé le lui déposer, mais c'est un peu compliqué. Je le laisserai au comptoir du café Boul'Mich, demain matin. Comme ça, elle pourra y passer quand elle voudra.

Incroyable. Comme une lettre à la poste. Improvisée sous l'inspiration du moment.

J'ai gagné quatre-vingt-dix francs. Je suis loin du compte.

J'ai passé toute ma matinée au Boul'Mich quand je la vois enfin. Une grande baraquée, cheveux tirés, lunettes d'écaille, blue jeans, blouson. Un peu garçon. Timide. À moins que Sophie de Gurson n'ait envoyé une domestique. Je ne sais pas comment vivent ces gens-là. Trente francs de consommation. Elle interroge le barman qui secoue la tête, interroge la caissière qui secoue la tête, regarde vaguement autour d'elle. Nos regards se croisent, vaguement. Je n'arrive pas à la lire : Est-elle agacée, inquiète ?

Moi, je sais une chose. On ne me donnera quelque chose que si je n'ai besoin de rien.

Je me suis concocté une histoire, un passé. Intraçable. Mais pour l'instant je n'ai l'air de rien. De moins que rien plus exactement.

Au réfectoire, au moment du petit déjeuner, je repère une pensionnaire pas comme les autres. Très relax. Et elle a un truc, une espèce de chic original que je lui envie. Elle porte une chemise à jabot en coton blanc avec des jeans moulants et une grosse ceinture de cuir rouge. On discute. C'est une « chineuse ». De Montpellier. Directe et généreuse.

Samedi, porte de la Villette. Petit marché aux Puces pour les pauvres. Et des montagnes de fringues à deux francs, cinq francs pièce. C'est répugnant ; ça sent la sueur, ça sent la misère. Elle plonge là-dedans avec un enthousiasme sincère. Je m'étais juré de ne plus porter que du neuf. Allons, à la guerre comme à la guerre.

— Tiens, regarde ça.

Elle me tend un chiffon froissé avec des taches bleues et rouges.

— Elle est trente. Impeccable. Elle devrait t'aller. Tu fais un trente-huit ?

Elle voit ma tête, rigole.

— Je te l'offre. Les robes, c'est pas mon truc, mais toi, t'as des jambes.

Elle me trouve des chaussures aussi. Des sandales à brides, à semelles compensées, et des chaussures de golf. Elle fait du quarante. Elle m'envie mon trente-sept fillette. Les pieds des femmes ont grandi.

Je n'en reviens pas. J'ai lavé la robe à la main. Eau de rinçage noire, mais une fois repassée avec un soin professionnel, la robe en mousseline de soie apparaît, godets qui dansent au-dessus des chevilles. Mes cheveux relevés avec un peigne, un dessous de robe de chez Tati... La classe !

Je manque de cintres. Je suis devenue une fondue des Puces. Montreuil, Vanves. J'ai un sac Hermès, une jupe en cuir Saint-Laurent, maniaquement cirée, frottée, comme neuve, un cardigan chinois brodé de perles et des escarpins André dont j'ôte l'étiquette. Me manque plus qu'un manteau. Ce sera un imperméable Burberry's.

Je suis devenue visible. J'ai appris à me maquiller la bouche plus que les yeux et je fais claquer mes lèvres comme j'ai toujours rêvé. Dans la rue, les femmes m'envoient des décharges hostiles. C'est le prix de mon triomphe, mon exquise récompense.

C'était bien Sophie. Je l'ai repérée à plusieurs reprises. Aujourd'hui, je l'aborde. Était-elle au cours hier ? Je l'ai raté. Elle pourrait me faire un petit résumé ?

Je l'invite à boire un verre et, rapidement mise en confiance, je lui sers ma triste histoire de pauvre petite fille riche, contrainte par une mère sévère et distante à habiter un foyer protestant ! Je n'en ai pas l'air comme ça, mais je suis timide. C'est pour ça que j'ai choisi une école d'attachés de presse. Pour me délier ! Je ne connais personne à Paris. On pourrait aller au cinéma ensemble un de ces jours ?

Elle est beaucoup plus intelligente que moi, mais elle ne le sait pas. Peut-être est-ce seulement un effet de son éducation. Elle est sérieuse et appliquée. Complexée. Naïve. Un peu ennuyeuse.

Je la pousse à se confier. Elle, c'est la vérité. Une vie comme un roman qu'elle arrive à rendre morne tellement elle ne s'intéresse pas. Personne, dans sa famille, n'a travaillé depuis quatre générations. Un ancêtre, colonel de Napoléon, comblé de terres par l'Empereur. Le fils du colonel, administrateur de génie, fait fructifier l'héritage familial. Mais elle est arrivée trop tard. Son père est mort dans une baignoire du Jockey Club. On le laissait squatter une salle de bains eu égard à son ancienneté de membre. Sa mère vit d'une pension médiocre. Pauvre Sophie, élevée dans l'opulence et l'insouciance paternelle, la voilà avec ses bonnes manières et son arrogance de grande bourgeoise obligée de trouver du boulot vite fait. Je l'inonde de sympathie et joue les velléitaires blasées. Elle me regarde et se pose des questions, je le vois bien. Quelque chose en moi la fascine, et je fais d'elle ce que je veux.

Je lui demande distraitement s'il y a beaucoup de branches à son étonnant arbre familial.

Oh, là, là, innombrables.

Mince.

Je me jette à l'eau. De Gurson, de Gurson, il n'y a pas un de Gurson, Guillaume, c'est ça... il fait quoi ? De la télé ?

Guillaume, c'est son cousin. Un cousin éloigné. Le cerveau de la famille. Banco ! Je ferme les yeux de plaisir. Quand je les rouvre, elle est cramoisie. Je fais comme si de rien... Patience...

Un type qui présente plutôt bien m'accoste dans la rue. Il me demande si je veux être mannequin. Il me laisse sa carte. Il a l'air correct.

Le ciel est avec moi. C'est bien la première fois.

23

« VINGT-TROIS heures cinquante-deux, château de Pimpérigeas, le 23 octobre 1996. »

Sur la voix off de Bourgois, le 4×4 noir d'Élisabeth déboule sur la route. Elle est au volant. Je suis à son côté. La pluie lacère l'image. On ne voit pas grand-chose.

J'étais stupéfaite par la luminosité de l'image. Qu'est-ce que c'était que cette caméra ?

Je me rappelai la route déserte, la campagne vide. Le fossé sur les bas-côtés et puis tous ces chemins de traverse, tous ces arbres. Non, ce n'était pas très compliqué de trouver une cachette pour épier les habitants du château. Peut-être même Bourgois avait-il réussi à s'introduire dans les communs, le portail restait presque constamment ouvert. Sensation étrange du passé observé, délivré. Délivré ?

Sans transition, un plan général de la plage caillouteuse et deux silhouettes, l'une devant qui court en se tordant un peu les pieds et l'autre qui suit à grands pas lourds. Deux silhouettes luisantes sous la pluie. Zoom sur Élisabeth tournée vers moi, trois quarts caméra, marchant à reculons.

Je voyais sur l'image ce que je n'avais pas vu dans

la réalité. Ce n'est pas la pluie qui ruisselle sur son visage, mais des larmes qu'elle camoufle par un sourire qui les nie tandis que la douleur demeure, une douleur inconcevable.

« Ça donne envie de se baigner, non ?

— Non.

— Arrête de faire ta méchante sœur de Cendrillon ! Qu'est-ce que je t'ai fait ? »

Je continue d'avancer vers elle. Elle s'est détournée. Elle rentre dans l'eau. On entend mal. Elle dit :

« Quand il pleut, il fait moins froid dedans que dehors. »

Elle patauge. L'autre silhouette est immobile au bord de l'eau, noire, un ange menaçant.

« Allez, viens, on se lave de tous nos péchés. Il se moque de toi, comme de moi. On n'est que les instruments de son petit pouvoir. Comme Delrieux, comme Chavaux lui-même. Je te jure que ça ne servirait à rien. »

Tournée vers la caméra à nouveau, le visage d'Élisabeth a changé, radieux, illuminé. Elle est folle. Elle me provoque, comme un matador, elle me défie. Son visage change. Un visage tellement mobile. Elle a peur. Elle recule, mais pour fuir cette fois :

— Sophie !

Elle est étonnée, quelque chose bascule en elle et son corps alors bascule à son tour.

Je reconnais la scène, mais c'est comme une version différente. Un scénariste est intervenu dans mon dos et a changé la situation.

Là, je vois une Élisabeth désespérée qui espère encore en moi, puis qui reconnaît la meurtrière, et soudain peut-être ne veut plus mourir, l'instinct, la peur. Sauf qu'il est trop tard.

Pourquoi avais-je oublié les dialogues ?

Au moment décisif, quand je soulève ma jambe et appuie sur son visage, la caméra tremble un peu, l'image est moins bonne.

Bourgois ému, mais professionnel jusqu'au bout, a continué de filmer. J'ai fermé les yeux. Sur mon écran intérieur les images de ma mémoire défilent. Point de vue subjectif. Ô combien subjectif. Je les rouvre.

Je me suis retournée tout à coup vers la caméra qui me filme en gros plan. Un visage de méduse, un visage animal, oreilles dressées, regard absent et scrutateur en même temps. Un visage tourné vers un abîme intérieur. L'image s'interrompt. Guillaume a appuyé sur la télécommande.

Je me suis remise à respirer, et je me suis rendu compte, alors, que j'avais bloqué mon souffle.

J'ai continué de fixer l'écran brouillé.

— Je l'ai fait pour toi.

— Je ne t'en demandais pas tant.

Sa voix était assurée, ironique, pas triomphale. À sa place, imprenable.

— J'ai une cassette qu'Élisabeth a enregistrée avec Chavaux.

— Et... ?

— Tu es cité nommément. Le président aussi. Votre système détaillé. Majorité, opposition, même combat.

— Tu peux en tirer tes propres conclusions, non ?

— Je te tiens, tu me tiens... Finalement, je suis naïve. Je pensais que vous respectiez au moins cette frontière-là. La gauche avec la gauche, la droite avec la droite.

— Désolé de te faire perdre tes illusions.

Son ton commençait de m'irriter. Il continuait de me sous-estimer.

— Imagine, si tu en es capable, l'impact de ces images diffusées à une heure de grande audience sur une chaîne généraliste.

— Deux semaines de commentaires et d'articles scandalisés. Quinze jours à tout casser et on passera à autre chose. Ce n'est qu'un témoignage sans preuves. Le témoignage d'un mort qui voulait se venger. État paranoïaque. C'est nous qui avons les cartes en main, crois-moi.

— Qu'est-ce que tu veux alors ?

— Le compte du Luxembourg. Bête comme Élise. C'est toi l'ayant-droit maintenant.

— Tout ça pour de l'argent, alors, au bout du compte, bête comme chou.

— Quarante millions quand même... L'argent est à moi.

— Élisabeth le savait ?

— Bien sûr. Elle était un peu sotte, mais pas au point de croire qu'elle valait tant de millions.

— Toi, si ?

— Moi, pas plus qu'elle. Mais je sais à quoi utiliser cet argent.

— À gagner les élections ?

— Pas seulement. Dis-toi que je me donne tout ce mal parce que je crois en ce que je fais.

— Comme de monnayer des passe-droits pour autoriser des médicaments chers et inutiles, voire dangereux ?

— Oui, tu es naïve, finalement. Mais dis-toi bien que rien ne s'est fait au détriment de la santé des Français. Et nos petits arrangements avec les labos n'atteignent pas les sommes que tout le monde semble imaginer.

— Il y a eu des morts quand même !

Il poussa un soupir condescendant :

— Dans tous les hôpitaux on essaie de nouveaux traitements à l'insu des patients. Qui leur donnent une chance supplémentaire avec un risque supplémentaire.

— Mais alors, le vrai argent, d'où vient-il ? Pourquoi cette histoire avec la Bosnie ?

— Les vieux médicaments peuvent toujours servir. Pour le reste, tâche de faire preuve d'un peu d'imagination ou laisse tomber. Je ne t'en dirai pas plus.

Dans ma tête, j'essayais de penser. Quarante millions, cela voulait dire qu'il y avait eu un versement depuis la mort d'Élisabeth. Je ne comprenais plus. À moins qu'Élisabeth lui ait servi de prête-nom. Sa femme ! Il aurait aussi bien pu le faire à son nom. Le risque était le même.

Comme s'il lisait dans mes pensés, il dit :

— Tout le monde sait qui elle était maintenant. C'est facile de distiller ce genre d'informations au compte-gouttes. Je me suis fait avoir. Et du coup, il est parfaitement crédible qu'elle ait eu ce compte à mon insu. En France on pardonne facilement les égarements du cœur.

— Qui te dit que j'ai cet argent ?

— Sophie... ne joue surtout pas au plus fin avec moi. Tu n'es pas de taille. Et le fiduciaire est un ami.

— Pourquoi avoir essayé de me tuer alors ?

— Ne sois pas absurde. Personne n'a besoin de tuer personne. À part toi. Mais ça... tu as trouvé le moyen un peu tordu de justifier ce qui n'était qu'un règlement de comptes personnel.

Je me tournai vers lui, sincère.

— Je ne te comprends pas. Pas du tout.

— Parce que c'est simple et que tu t'es bâti un roman compliqué. Je vais réépouser Adeline, que je n'aurais jamais dû quitter, et reprendre ma carrière. Et je serai un bon serviteur de l'État. Tu es rassurée maintenant ?

Je me suis levée pour essayer de me dégourdir le cerveau. Je me retrouvais dans cet état d'irréalité où je deviens quelqu'un d'autre, où ça ne raisonne plus, où ça résonne simplement, où ça palpite.

— C'est du bluff. Tu n'as aucun intérêt à utiliser cette cassette. Ça ferait trop de vagues. Ça se retournerait contre toi.

— Il est sûr que je préférerais qu'on échange nos cassettes, que tu fasses de moi l'ayant-droit du compte et que nous restions bons amis.

— Je veux garder cet argent. Élisabeth me l'a donné. Il est à moi.

— Tu plaisantes !

C'est sorti si spontanément. Il avait l'air si sincèrement effaré que je puisse même envisager cette éventualité que je me suis transformée en bloc de glace tandis qu'une pression intérieure poussait, poussait.

Et j'ai dû me transformer à l'extérieur aussi parce qu'il a levé les mains en signe d'apaisement. Il était debout à ce moment-là. Oui, bien sûr, il était debout.

— Attends, Sophie. Nous sommes du même sang...

— Ça nous a jamais empêchés de baiser ou j'ai rêvé !

— Je veux dire que nous sommes du même monde. Élisabeth ne pouvait pas comprendre. Toi, tu peux. C'est justement parce que toi, tu pouvais comprendre...

Il était petit, tout à coup, petit minable. J'ai couru

vers la fenêtre que j'ai ouverte en grand. L'appui en est très bas. Il s'est précipité derrière pour me retenir, l'imbécile. Oh, pas pour m'épargner, mais il ne voulait pas d'un vilain accident à son domicile. Trois morts, c'était déjà beaucoup pour une même affaire. Je me suis à peine effacée, j'ai accompagné le mouvement d'une poussée forte en le saisissant à l'aisselle et en soulevant. Il n'a même pas crié. Alors j'ai aperçu Mangin en bas, qui avait failli se le prendre sur la tête.

Ça me laissait quoi ? Quelques minutes ? J'ai sorti la cassette du magnétoscope, j'ai récupéré celle de Chavaux et je l'ai introduite à la place.

C'était un peu la panique. Je risquais d'être fouillée. L'appartement serait sûrement examiné. Je m'efforçai de penser, fis mentalement le tour des pièces. J'ai choisi, je crois, la moins mauvaise solution. Le vide-ordures dans la cuisine.

J'ai tiré un grand coup sur le sweat de Mangin et j'ai réussi à craquer une couture. J'ai couru jusqu'à la porte. J'étais essoufflée, j'ai dévalé les escaliers, m'étonnant quand même de ne pas croiser mon commandant. Il était encore sur le trottoir, appelait une ambulance, je crois. Je me suis jetée dans ses bras. En sanglotant que c'était atroce. Guillaume était devenu fou. Il avait essayé de me faire passer par la fenêtre. Tout ça pour la cassette. Pour la cassette d'Élisabeth. Il l'avait fait tuer, j'en étais sûre.

J'ai piqué une crise d'hystérie assez convaincante pour qu'il me foute la paix un moment.

Je voulais récupérer mes forces et mes esprits. Tout cela était tout de même très improvisé. J'aurais été incapable à l'époque de dire pourquoi j'accomplissais ces actes apparemment déments.

Contrairement à Élisabeth, je n'avais pas un but

précis en tête. Enfin, un but conscient. Aujourd'hui, je sais comment tout a commencé et pour arriver où. Et, contrairement à Élisabeth, je n'ai emprunté aucun détour, j'ai simplement mêlé un peu de mort à la vie quand c'était nécessaire.

J'agissais par instinct. Élisabeth, par exemple. Je l'avais repérée au Boul'Mich. Elle ne se rendait pas compte de l'impact de sa beauté. J'ai été touchée qu'elle vienne vers moi et après je suis tombée amoureuse d'elle, de celle qu'elle n'était pas. J'étais la parente pauvre, un peu ingrate en plus, intelligente, mais ça ne se voyait pas à l'œil nu. L'intelligence n'est jamais aussi scandaleusement évidente que la grande beauté. J'avais d'ailleurs appris à la dissimuler. Dans un monde d'hommes, il vaut mieux jouer profil bas.

Et j'ai tout avalé, qu'elle était riche, gâtée, fêtée, que tout était facile pour elle. Qu'elle se contente de Kéroual m'avait sidérée. Et déçue. J'avais fini par nous prendre pour des siamoises. Ensemble nous pouvions conquérir le monde. Une fois trahie, j'ai voulu tout lui prendre et, à la fin, elle m'a tout donné. Jusqu'à ma vraie nature qu'elle a révélée.

Je n'ai jamais oublié que personne n'avait tendu la main à papa dans sa déchéance. Peut-être avais-je espéré forcer Guillaume à me la tendre à moi, cette main.

Au fond, tout ça n'a pas grande importance. L'important, c'est ce que j'ai accompli. Et qui n'appartient qu'à moi. Le pouvoir, le vrai pouvoir, pas le faux qui s'exhibe, qui demande la reconnaissance des foules si peu sentimentales et se réjouit des colifichets officiels jusqu'à en dépendre comme un enfant accroché à son doudou. Non, celui d'un dieu qui décide du destin, de la vie et de la mort, sans émotion. Avec pour seule faiblesse sa mortalité. Quoique... Qui sait ?

J'ai donc bien pleuré et chuchoté à Mangin que j'avais voulu l'aider, j'avais voulu lui apporter le coupable sur un plateau. Parce que lui, au moins, n'avait pas peur de la vérité. Qu'il n'était pas corruptible.

J'avais eu le temps de mettre au point ma version des événements. Ça tenait la route. J'ai demandé à rentrer chez moi. Il a insisté pour me faire ramener. Je lui ai juré de rester dans mon appartement. Je lui raconterais tout là-bas. Quand il me rejoindrait.

Ça sert de coucher, comme le savait Élisabeth.

Normalement, il aurait dû m'emmener au commissariat, prendre officiellement ma déposition, mais on ferait ça chez moi. Tout à l'heure.

Autant dire le temps d'un meurtre. C'est en forgeant qu'on devient forgeron.

24

Je ne sais même pas comment il s'appelle, celui-là. Et je m'en fiche. Maman est belle. Maman est ma reine. Moi, je suis sa princesse, la princesse Châtouille. Et quand elle me fait des guilis, le rire qui me gargouille au fond de la gorge remonte à toute vitesse, me fait tomber par terre et me ferme les yeux de pur délice. Ma maman, elle connaît mille façons de préparer les pommes de terre. Mille et une façons, elle dit, la vantarde.

— Ce soir, pommes de terre en chemise !

Parce que, les patates, c'est tous les jours ! Et dans ma tête, les pommes de terre me font la révérence dans leurs belles chemises à jabots de dentelle comme en portent les princes sur les illustrations de mes livres de contes, leurs deux yeux en lentilles vertes et une tomate découpée en fente hilare pour les faire rigoler.

Maman me couche et me lit une histoire qui finit bien et je m'endors, sauf que je fais semblant de dormir. À travers mes cils, je la vois essayer de ne pas faire de bruit, ce qui me donne envie de rire. Elle est en combinaison douce et elle enfile un bas. Elle fait « psst » et elle l'enlève vite et le jette. Ça veut dire qu'il y a une échelle dessus. Je vois de minuscules nains monter aux barreaux du bas filé. Mais je n'arrive plus à rigoler. Je viens de comprendre que maman va sortir et me laisser seule. Elle a mis sa robe à volant. Alors, c'est sûr.

Je retiens mon souffle, si elle voit que je ne dors pas, elle va devenir moche en criant avec ses yeux plissés, horribles. Je me supplie de dormir. Si je dors, il ne se passera rien, je serai en sécurité.

Quand elle est comme ça, je crois bien que maman m'oublie. Elle s'est mis du rouge à lèvres épais, et elle claque des lèvres devant le miroir, un drôle de bruit de baiser, que j'imite quand je suis toute seule. Il faut serrer très fort comme si on voulait rentrer les lèvres dans la bouche et lâcher d'un coup par surprise et ça fait comme une petite ventouse. Moi, je préfère le rouge rose qui fait des lèvres bonbons.

Elle enfile son imper brillant, prend son petit sac. Pas un regard vers mon lit, pas un baiser, sûr qu'elle m'a oubliée, elle éteint, la porte claque, un tour de clé, ouf elle y a pensé et l'attente commence.

Quand je serai grande, le temps sera plus court, je pense.

La lampe de l'escalier s'est éteinte et il n'y a plus de trace de lumière pour me rassurer que la vie ne s'est pas arrêtée.

Puisque la sale fille que je suis refuse de dormir, je vais me raconter des histoires ; je vais me raconter, que, cette nuit, maman va me faire la plus belle des surprises et rentrer avec mon papa qui est grand avec des longs cheveux blonds qui font des vagues sur ses épaules, comme le prince sur le livre. Bien sûr il n'aura pas de culotte bouffante ni de jabot en dentelle, papa n'est pas une pomme de terre. Il aura un beau costume et des boutons de manchettes en diamants.

J'entendrai des chuchotis derrière la porte et de la rigolade en douce et la clé tournera gentiment dans la serrure et ils entreront sur la pointe des pieds, en se tenant par la main et elle lui dira :

« Voilà ta fille. »

Et il chuchotera :

« Qu'elle est belle. »

Et il me soulèvera hors de mon lit comme une plume et il me couvrira de baisers et il m'expliquera qu'il a dû partir pour un long voyage parce que le roi de Patagonie avait besoin de lui et ne voulait plus le laisser repartir et qu'il n'avait jamais cessé de penser à nous tout ce temps de son absence.

Et on s'assiéra en pyramide tous les trois sur la chaise pour bien se toucher et pas risquer de se perdre encore et ils s'embrasseront au-dessus de ma tête et je dirai pour rigoler :

« Oh, les amoureux ! »

Je me suis endormie puisque je me réveille. J'essaie de rentrer mon visage pour ne pas être vue, pour ne pas entendre. Sur le palier, maman chuchote, mais pas comme pendant la journée, elle chuchote fort comme on crie et ça siffle. Par-dessus, il y a une voix d'homme qui traîne tous ses mots derrière elle. Et c'est pas papa, qui ne parle pas comme ça, c'est sûr, mais qui a la voix tendre et claire. Trois fois, la clé rate le trou de la serrure et, tout à coup, la porte s'ouvre trop fort et claque contre le mur.

— Qui c'est ça ?

— Ma fille. Laisse. Je vais mettre le paravent.

Maman qui pue est tout près de mon lit et elle déplie le petit paravent. Quand on est juste toutes les deux, on n'a jamais besoin de barrière entre nous.

Je sais ce qui vient après et je ne veux pas entendre.

Maman qui prend sa voix de perruche pour demander son petit cadeau. Chaque fois j'imagine le petit paquet avec des rubans, mais petit, riquiqui. Pourquoi elle ne demande pas un grand cadeau ? Comme sur ma liste de Noël. Moi, je veux toujours des grands cadeaux.

— Ouais, ben tu prendras ce que je te donnerai. Viens par ici.

Sa voix est dégoûtante comme s'il n'y avait que des choses dégoûtantes sous les mots.

— On paye d'abord.

Maman essaie d'être forte, mais même moi j'entends que sa voix tremble.

Après, tout m'arrive comme à travers du coton. Des souffles bizarres, des bruits de voix mais sans mots, des pieds qui frottent par terre et puis des coups, ça ne peut être que des coups. Même au pire, jamais maman ne m'a frappée, juste des gifles par-ci, par-là et pourtant je reconnais le bruit, à cause des gémissements. Je veux sortir du lit. Il faut que j'aille aider maman, mais je suis emprisonnée par la peur qui fait un mal de chien. J'ai mal partout. Des aiguilles fines me percent des trous dans ma tête, mon ventre dur comme si de la pierre poussait contre la peau pour la faire péter.

Puis le bruit s'en va sans emporter la peur. Il a peut-être fait semblant de partir et il est resté. Les ogres jouent de ces tours parfois. C'est pour ça que je n'appelle pas, que je ne bouge pas, que je ferme les yeux encore plus fort.

Je me réveille toujours la première et parfois je vais faire un câlin avec maman.

Une fois, il y avait un tonton avec elle, pas comme l'autre que je n'aimais pas, un tonton de passage. Et en passant, il l'étouffait sous son gros bras. Ils étaient tout nus. J'ai eu peur. C'était pas bien. Maman a juré que plus jamais. Et plus jamais.

Mais là, maman est par terre. Maman est morte, je pense, avec le sang et les bleus et les jaunes et les violets et les croûtes. Ma jolie maman. Elle est moche, là. Elle me fait peur.

L'ogre est là aussi. À plat ventre sur le lit de maman, la grosse poêle sur la tête. J'ai peur qu'il fasse semblant.

Je sors vite sur le palier, je monte à l'étage au-dessus. Madame Renaud m'ouvre :

— Bonjour, Maman est morte, je crois.

Je lui indique en bas avec la tête pour qu'elle comprenne mieux. Elle fait des yeux incroyables de chouette. Il faudra que je m'exerce devant la glace. Et puis elle me dit de rester avec mémée, qui est encore plus vieille qu'elle parce que c'est sa mère, et elle descend. Bon, elle va s'occuper de maman. Elle va me la rendre propre et neuve. Madame Renaud fait des vêtements pour mes poupées. Elle sait tout faire.

Mais là ça doit être trop pour elle parce que les pompiers sont venus et je n'ai pas eu le droit de descendre, et une dame est venue me dire que maman était malade et que j'allais habiter avec d'autres enfants pendant quelque temps. Je ne veux pas mais tout le monde s'en fiche.

Madame Renaud pleure mais elle ne fait rien non plus.

Je me vengerai, ça, c'est sûr.

Je suis dans le bureau du juge pour la troisième fois. Je le regarde très fort pour qu'il dise ce que je veux, pas ce que je ne veux pas qu'il a dit les autres fois. Il fait sa voix de scie, nia nia nia. Il me prend pour une débile ou quoi ? Il tient à m'expliquer d'abord, il faut que je sois d'accord avec lui. Ça, ce serait encore le mieux que je l'applaudisse et que je lui dise merci, merde...

Ce petit juge avec son petit jugement. Je ne rentrerai pas chez maman. Je leur ai pourtant dit qu'elle était gentille avec moi et douce. C'était juste qu'elle ne voulait pas rester seule tout le temps. Moi, ça ne me dérangeait pas ses soirées sorties, pourquoi eux ça les dérangerait plus que moi ? Pas en mesure d'élever correctement son enfant. Sûr que c'est mieux d'être dans leur prison ou chez ces connards qui font ça pour l'argent et se fichent bien de nous. Je fugue. Tout le temps, je fugue.

Mes seins poussent. Ils sont énormes. Ça me dégoûte. Je les cache. Le vieux salaud m'a repérée. Il pousse la porte, m'appelle dans le noir. Je fais semblant de dormir. Il ouvre ma chemise, il me tripote. Avec sa bouche aussi. Je fais semblant de dormir. Dans mon cœur, je pleure.

J'ai sauté par la fenêtre à l'étage. Je me suis cassé les talons. Personne ne m'entend. Je les déteste. Je fais casquer le vieux salaud. Du coup, il se croit tout permis. J'ai caché un couteau sous mon oreiller. Je n'arrive pas à m'en servir. Je deviens un démon. Il veut me garder, mais sa femme me vire. Une vraie truie. Mauvais sang, comme sa mère, elle dit toujours. Un jour, je leur montrerai, je leur montrerai à tous.

Je suis chez les Jean, une nouvelle famille. Il y a déjà une fille placée, une grosse moche toute de travers. Je me sens seule dans le lit froid, dans le noir et je me mets à pleurer, ce qui fait monter la rage. Mon drap se soulève. Un corps chaud m'enveloppe et me serre, mais pas trop, juste assez pour étouffer la colère. J'accepte ce corps-là qui ne veut rien de moi. Dans un lit, les jambes ont la même longueur. Chaque nuit, elle me parle. Elle ne me raconte pas d'histoires. Elle me promet qu'on ne sera jamais séparées. Elle me dit que je dois travailler pour ne pas rester prisonnière, qu'elle m'aidera. Et elle m'aide. Françoise est l'ange de mon démon. Elle passe son temps à me dire qui je suis, qui je peux être. Chaque jour, elle me sauve la vie. Et un jour, c'est moi qui lui dis comment sera la vie. Je la fais rire avec mes idées folles. Pas si folles.

Aujourd'hui, j'ai quinze ans et je suis amoureuse. Il s'appelle Guillaume de Gurson. Il est arrivé sur l'écran de télévision en plein journal et il m'a regardée avec ses yeux clairs où il n'y a pas l'ombre d'un malheur possible, et il m'a souri en noir et blanc. Même quand il ne sourit pas, il a l'air au bord du sourire. Il est beau. Il est élégant. Il est tranquille. Il sait ce qu'il fait. Il vient d'être nommé à la tête de quelque chose, et ça ne lui fait pas peur. Il va entamer des négociations avec les syndicats. Je me dis que les syndicats ont de la chance. J'annonce à Françoise que cet homme-là est mon futur mari.

Elle se tord de rire avant de réaliser que je suis sérieuse. Elle m'égrène ses arguments raisonnables et conclut :

— T'as vu son âge. Il pourrait être ton père.

Je la regarde d'un air de profond dédain.

— Mon père à la télévision ! Tu délires !

Je ne sais pas vraiment ce que je veux dire, mais ça lui cloue le bec.

À seize ans, je passe mon bac et je me fais émanciper. Je veux travailler, je veux retrouver maman. Elle a réussi à faire un peu illusion les dimanches où l'on se voyait, mais au quotidien la réalité tombe vite le masque...

Elle boit du vin doux, du porto quelquefois. Elle commence le matin. Elle fait des pipes pour une bouteille. On me le fait vite savoir en même temps qu'on laisse entendre : telle mère, telle fille. Moi seule sais que c'est vrai.

On s'engueule tout le temps. Je l'empêche de boire. Je l'empêche de sortir. Elle m'en veut comme si j'étais responsable de tout son malheur. Ce qui est peut-être vrai. Je ne crois plus au prince. Mon père est un salaud. Ou alors il est mort.

Elle ne veut rien me dire. Les jours d'honnêteté, je me dis qu'elle ne sait sans doute pas qui c'est.

Les contes m'ont menti. Le malheur rend méchant. Comment ça pourrait finir bien ? Maman est de plus en plus méchante.

J'ai appris à taper à la machine avec un faux clavier imprimé sur du carton et j'ai trouvé un emploi de secrétaire dans un bureau d'assurances. Pendant mes nuits d'insomnie, je réfléchis. Je fais des économies. J'ai un but.

Chaque samedi, je vais à la bibliothèque et je lis les journaux. Guillaume de Gurson fait son chemin. Je ne suis pas déçue. Il est marié, mais pas assez célèbre pour qu'il y ait des photos de sa femme. Pour moi aussi, elle est secondaire. Il a fait l'ENA, il travaillait aux impôts et maintenant, il est entré au cabinet du ministre des Finances. Il a trente-huit ans. Il est d'une vieille famille française et habite dans le VIIe arrondissement. Il fait une étude sur les hôpitaux de la Santé publique et sur leur répartition géographique. Moi, je suis jolie. Très jolie. J'aurais déjà pu me marier dix fois. Ou faire des pipes pour l'équivalent de mon salaire mensuel.

La journée, je travaille, le week-end, je fais des ménages et je vais à la bibliothèque. Françoise est entrée à l'École normale d'institutrices. J'essaie de discipliner ma mère et je lis autant que je peux. Les gens chez qui je travaille me donnent leurs vieux vêtements. Je serre les dents et je prends. Un jour, je ne porterai que du neuf.

Parfois, j'ai peur. J'ai appris à être comme les autres voulaient et j'ai peur de disparaître totalement. Je ne sens rien. Je crois que le monde entier pourrait crever sous mes yeux que je continuerais de sourire et de vaquer à mes occupations.

Maman me fait mal au cœur, oui, elle compte. Et avec Françoise, ça palpite pour de vrai.

Maman m'en veut de dépendre de moi. Elle me reproche ma vie laborieuse, mon sérieux. En vérité, elle m'en veut d'être jeune à force d'être vieille trop tôt. Et puis, je suis un reproche vivant. Parfois, j'essaie de retrouver la chaleur du petit nid qu'on s'était fabriqué, avant qu'on nous le détruise. Je me mets en boule sur son lit et je lui demande de me lire une histoire ou de me brosser les cheveux.

Elle lève les yeux au plafond. Elle me demande si je ne suis pas folle. Quel âge j'ai ? Et elle me reproche un truc, n'importe quoi, comme la lézarde, tiens là justement au plafond. Je lui avais pourtant dit que je m'en occuperais. C'est comme l'argent pour son billet de Loterie qu'elle attend toujours, c'est quand qu'elle l'aura ? Et elle me traite d'égoïste.

La vie que je me prépare, c'est pour elle aussi. Je ne peux pas lui en parler. Elle ne comprendrait pas.

Françoise s'inquiète pour moi. Elle me dit qu'on ne bâtit pas sa vie sur la vengeance, mais sur la réparation.

Je lui dis que la vengeance est une réparation, que je ne ferai de mal à personne.

Elle me dit que je dois aussi penser à mon plaisir. Et je lui explique que du plaisir, j'en aurai à revendre. Du premier choix. Je ne me contenterai pas de moins. Je lis des livres sur la vie des riches. Je suis patiente.

Elle me dit que la vie n'est pas une scène de théâtre où l'on sait ce qui se passera au dernier acte.

Je lui réponds que le monde est une grande scène et que nous tous, hommes et femmes, ne sommes que de simples acteurs.

Oui, mais pas des auteurs, elle me réplique, tu n'es pas Shakespeare. Elle croit en Dieu.

Faire des économies, c'est long. Le temps aussi continue d'être long. J'ai choisi ma future école. Privée. C'est là que je rencontrerai ceux dont j'ai besoin. Et ça ne dure que deux ans.

Maman a cinquante ans. Il n'y a plus la moindre trace de sa beauté et rien pour la remplacer. C'est la première fois que je me demande pourquoi elle s'est laissée battre par la vie. C'est la première fois que je me demande ce qu'a été son enfance. Pourquoi je n'ai jamais eu de grands-parents. Françoise est là, elle a fait un gâteau. J'ai acheté du porto. Maman est la seule à boire. Elle a l'alcool triste aujourd'hui. Peut-être parce que je vais partir. Ce qui me fait un peu plaisir.

Et puis ça sort, allez savoir pourquoi.

Une enfance banale de fille unique, trop protégée, entre la messe et l'école de bonnes sœurs et les rencontres arrangées aux soirées de la paroisse. Elle, elle sent bien que ça bouillonne à gros bouillons sous sa peau brûlante et que la vie peut être autre chose. Une fois, elle fait le mur pour aller à un bal avec une copine délurée. Son père le droguiste la dérouille au ceinturon pendant que sa mère se signe en soupirant.

Donc à trente-quatre ans entre pénitences et désirs mortifiants, elle est toujours jeune fille et presque résignée quand la foudre lui tombe dessus. Elle est à bicyclette, une silhouette s'élance au travers de son chemin, elle n'a pas le temps de freiner. Panique, le jeune homme est tombé. Il a le teint pâle et les yeux bleus et, pourtant, il est arabe, algérien, ouvrier et beau comme un dieu.

Ils deviennent amants. Toute sa passion réprimée explose. Les plus beaux jours de sa vie. Car ça se compte en jours, trois mois, avant que les parents découvrent le pot aux roses et la chassent. Elle est enceinte. Elle foire son avortement. Elle est seule. Le reste, elle ne veut plus en parler. Elle ne les a jamais revus. Elle crache par terre. La haine pure.

Et lui ? Et mon père ?

Il est rentré au pays. Chez sa femme. Pour lui, elle n'était qu'une pute.

Le silence nous enferme toutes les trois.

À l'autre bout du silence, une formule magique me délivre : Je serai une autre.

25

Je ne sais pas si Mangin lira mon histoire un jour mais je l'ai écrite à cause de lui et donc, un peu, pour lui.

La police a cru au suicide de Bourgois. Parce que la mise en scène était bonne ? Non, parce que cela arrangeait tout le monde. Bourgois aurait été suicidé d'une balle dans la nuque tirée à bout portant, le résultat aurait été le même.

Après la défenestration de Guillaume, Mangin a voulu me faire raccompagner, en réalité me coller un flic aux basques. Mon désespoir, mon besoin de solitude, mon désir de me rassembler avant d'affronter les questions de la police sont venus à bout de son instinct.

Je n'ai pas été suivie. Il faut croire que la méfiance du flic avait fondu devant l'attendrissement de l'homme. Je ne me moque pas. Je pleure.

Arrivée comme une bombe chez Bourgois, j'ai tambouriné à sa porte : de Gurson était mort, il fallait m'ouvrir. Je n'ai pas eu à jouer le bouleversement, j'étais quand même sous le choc et, comme prévu, il n'avait pas bougé de son antre.

Je trimballe toujours des provisions de tranquillisants. Je n'aime pas me laisser surprendre.

Je lui ai demandé à boire. Poliment il a pris un verre aussi.

Mes mains tremblaient tandis que je lui servais une nouvelle version de mon choc et de ma tristesse. Guillaume m'avait laissé un mot d'adieu et la cassette du lac.

Il comprit tout de suite de quelle cassette je parlais.

J'écrasai une larme inexistante et m'interrogeai à haute voix. J'avais détruit le petit film pour ne nuire à personne, mais peut-être existait-il des copies ?

Il me rassura aussitôt, d'autant plus facilement qu'à l'évidence la mort de Guillaume le soulageait d'un grand poids.

Un quart d'heure plus tard, il dodelinait et je tournai sa chaise vers son four à l'ancienne, les manettes du gaz grandes ouvertes.

Je récupérai mon faux numéro griffonné et, cerise sur le gâteau, je pus verrouiller derrière moi après avoir replacé le trousseau sur l'étagère de l'entrée, grâce à un double de la clé de la porte.

À croire qu'il existe un dieu pour la racaille.

Commençons par le plus désopilant : Guillaume n'est pas mort. Son appartement donne sur un trottoir fort dur. Il suffisait qu'il tombe bien. Qu'il se casse le cou. Mais non, il s'est cassé les deux jambes, le bassin, la colonne a été touchée, il ne remarchera jamais sans aide, mais il n'est pas mort. Et... il n'a pas parlé. Il ne peut pas.

Dans un premier temps, il a profité du choc pour

se taire, comme s'il avait effectivement perdu l'usage de la parole. C'est un homme prudent.

Ensuite, nous avons tenu le même langage car nos intérêts convergeaient. Et, manque de chance pour Mangin, le flic qui me surveillait a appris la nouvelle sur son pager et me l'a relayée aussitôt. Je lui ai fait du charme. J'avais toujours dédaigné les canifs ridicules de la guerre des femmes, mais je sais dorénavant m'en servir quand l'artillerie lourde n'a pas sa place. Le bluff que Mangin comptait exercer n'avait plus de support.

Ce n'était plus du soupçon, il savait. Il sait toujours, a sans doute toujours su, car c'est un flic plein d'intuition. Mais il ne pouvait rien contre moi. J'ai même regretté, l'intervalle d'un sourire, de n'avoir pas pu lui révéler que la solution s'était trouvée littéralement à portée de sa main, dans la poubelle au sous-sol, tandis qu'il attendait les secours. Histoire de lui fournir un sujet de réflexion. Comme s'il avait besoin de moi...

Non seulement je ne lui en veux pas, mais même je l'apprécie. Il ne fera jamais une grande carrière, mais il saura m'être utile le cas échéant.

Quand il est arrivé pour prendre ma déposition, j'avais changé de stratégie.

J'avais récupéré toutes mes facultés, comme je le lui expliquai, je m'étais repassé la scène de la chute et j'en avais conclu qu'il s'agissait bien d'une tentative de suicide. Guillaume de Gurson aimait sa femme disparue beaucoup plus que certains esprits chagrins le laissaient entendre. Et s'il avait laissé la cassette incriminante dans son magnétoscope, c'est bien qu'il comptait disparaître.

J'avais freiné son élan en m'interposant. Tout s'était passé si vite, la brutalité de son acte ressemblait tant à une agression que j'avais cru qu'il voulait se débarrasser de moi.

Pour quelle raison ?

Aucune idée, commandant.

Bref, Guillaume me devait la vie et j'en étais soulagée.

Le seul meurtre spontané qui faillit être commis dans mon histoire est celui dont je lus le projet dans les yeux de Mangin quand je lui débitai ce gros mensonge en tranches épaisses.

Je dois aussi à la vérité de dire que le commandant est mon seul regret. Mais je ne crois pas que lui-même ait souhaité une liaison durable. Nous aurons eu une belle nuit. C'est plus que beaucoup de monde.

Le pauvre a cru être malin. Il n'a pas intégré la cassette de Chavaux à l'enquête, il l'a envoyée à un journaliste « indépendant », je suis consciente de la contradiction des termes en ces temps où il n'existe plus de presse sans capital entre les mains de grands groupes puissants. Je rectifie donc : un journaliste sans moyens, sans support, qui, lui, a cru son heure de gloire arrivée. La cassette est dûment passée sur la deuxième chaîne à une heure de grande écoute. La presse a glosé pendant deux semaines à son sujet. Le président a exprimé son point de vue : « Scandaleux », le Premier ministre aussi : « Accusation sans fondement par un homme amer... Que vaut une accusation posthume étayée par aucune preuve ? »

Et puis, ma foi, c'était trop énorme de penser que la gauche et la droite puissent s'allier pour se partager un magot, quel qu'il soit. On préférait attribuer les propos de Chavaux à une divagation d'agonisant. Admettre l'idée aurait signifié une abstention encore plus massive aux élections suivantes. Ce qui ne fut pas le cas.

Guillaume avait émis un pronostic précis qui s'est révélé exact : deux semaines plus tard, on n'en parlait plus.

Ah, Guillaume ! Je lui ai fait parvenir un bouquet de fleurs accompagné d'un mot exprimant mon espoir que la tentation du désespoir l'avait bien abandonné blablabla, que je n'hésiterais pas à partager avec lui, quand il serait rétabli, tout ce qui nous venait d'Élisabeth, que nous en parlerions posément quand le sujet ne serait plus aussi sensible... Cet homme intelligent est aussitôt sorti de son mutisme et sa version de l'accident a, grosso modo, recoupé la mienne. Malgré tout, je me vantais en mentionnant un petit meurtre en passant. Je ne suis pas une tueuse. Les meurtres que j'ai pu accomplir n'ont pas été des actes criminels commis de sang-froid mais des nécessités du moment. C'est ce que j'ai enfin compris : la vie est faite de nécessités, moment après moment, qui finissent, mises bout à bout, par dessiner un destin.

Premier problème. Mangin n'étant pas si naïf, à mon retour chez moi, je ne suis pas restée seule. J'étais sous surveillance. Un flic m'y attendait.

Je suis vite allée aux toilettes avec le portable d'Élisabeth récupéré dans le bureau de Bourgois. Et j'ai avalé la puce. Je ne savais pas quels numéros elle pouvait avoir en mémoire, sur quelles pistes ils pouvaient mettre la police. Mieux vaut détruire que risquer de perdre le contrôle.

J'ai commencé à m'amuser à cette minute précise, je crois. C'est étrange, plus symbolique que réel, mais l'absorption de la mémoire d'un téléphone a agi comme une alchimie. J'avais assimilé Élisabeth.

Son âme avait fini par me rejoindre et tout ce que j'ai fait depuis, c'est avec son plein accord. Elle a arraché avec détermination les petites racines incarnées de ma culpabilité.

Les faits : c'est elle qui avait guidé ma main, enfin ma botte. Ce n'était ni Guillaume, ni ma jalousie, ni mon ambition. C'était elle. Le film de Bourgois l'atteste. Ce qui change tout, bien sûr. Et merci à Mangin de cette confirmation.

Guillaume a dû s'inquiéter quelque temps et puis ma disparition et mon silence l'ont rassuré. Je n'ai jamais cessé de lire la presse française. Il a réépousé Adeline et leur fille est devenue une junkie, mais je n'y suis pour rien, je le jure. Histoire de confirmer que cette manie d'attribuer à Dieu les moindres incidents est une aberration. Il lance les quilles, comme je l'ai fait, et chacun se débrouille avec ça, c'est-à-dire chute ou esquive. Il était malheureusement inévitable que sa fille découvre un jour que Guillaume est un pur salaud. Le fils, lui, a choisi le modèle paternel dans le mince catalogue des possibles.

J'ai découvert Lugano, qui est un lieu de résidence ravissant et j'ai rencontré l'ami fiduciaire, Capra le mal nommé, qui croit qu'il emportera ses biens dans la tombe.

C'est à lui qu'Élisabeth a confié la charge de faire de moi son ayant-droit universel. Ma fortune se chiffre en millions d'euros. Effectivement des opérations ont continué d'avoir lieu après la mort d'Élisabeth. J'ai mis un peu de temps à démêler l'enchevêtrement de comptes divers et de sociétés écrans plus invraisemblables les unes que les autres, au centre desquels Élisabeth au pays des cauchemars s'était retrouvée. Sa signature suffisait à dispatcher commissions, financements occultes et autres compromissions à leurs indignes bénéficiaires. Dorénavant, l'argent peut rentrer sans mon aval, mais ne peut plus sortir sans ma signature. Ce n'est pas plus juste. C'est.

Élisabeth, en vérité, n'a jamais mesuré le pouvoir dont elle disposait. C'est là que je suis intervenue à point nommé.

Capra connaît trop de secrets et a trop assuré ses arrières pour risquer quoi que ce soit. Moi, j'ai tout de suite compris que mon identité serait connue un jour ou l'autre.

J'ai quitté Lugano et je me suis installée dans un petit pays pauvre dont j'ai pu acheter la police, la justice et le gouvernement sans trop entamer mon immense fortune. J'y ai coulé des jours paisibles avec un jeune indigène fidèle qui me trouvait belle comme Crésus.

Capra me coûte cher mais c'est un lieutenant de premier ordre.

J'ai bien sûr pris toutes les mesures pour assurer ma sécurité. Et, tout récemment, j'ai sauté le pas : chirurgie esthétique. Je commençais à m'ennuyer. J'ai un nouveau passeport qui me rajeunit autant que la chirurgie. Me voilà donc incarnant la vieillesse qui sait sous les traits de la jeunesse qui peut.

Je ressemble de plus en plus à Élisabeth. Et c'est un peu en fidélité à sa mémoire que je n'ai jamais cessé de soutenir Guillaume. Elle appréciait en lui le visionnaire européen. Moi même je crois beaucoup à l'Europe qui sera seule capable de faire face à l'Asie dans un avenir pas si éloigné. Mon rêve est que nos pauvres États nations disparaissent une fois pour toutes.

Guillaume fait sa campagne présidentielle en chaise roulante. Je l'y ai beaucoup encouragé. L'image mythique du président Roosevelt marche aussi chez nous et tout le monde est rassuré car ce président-là n'aura rien d'autre à faire que se préoccuper du bien-être de son pays. Sur un plan personnel, il n'a rien à attendre de la vie. Sexualité, zéro, excès interdits, vadrouilles injouables. Comme on l'a dit pendant sa campagne, il ne peut que sublimer ses forces vitales et, n'étant pas devenu un grand artiste, sera un grand homme d'État. Tout le monde en a assez des gestionnaires. Il représente un idéal.

Sa fille, revenue au bercail, est désormais sa conseillère en image. Elle est jeune, elle a fait toutes les bêtises, c'est un exemple pour sa génération et la suivante. Adeline est devenue une figure romanesque qui fait pleurer dans les HLM. J'ai, bien sûr, participé au financement de la campagne de De Gurson et je suis devenue sa conseillère numéro un. Nous sommes inséparables.

Nous allons rétablir le septennat, car il faut une politique nationale à long terme et puissante pour agir efficacement sur les autorités européennes. Et puis, si on vote trop souvent pour un président, on va finir par comprendre qu'il ne sert à rien. Il ne vaut que comme le symbole auquel un peuple a envie de s'identifier.

Je pousse Guillaume à inciter son gouvernement à investir dans les biotechnologies, histoire de ne pas abandonner le marché aux Américains. Je l'ai convaincu de rendre publique une étude sur l'inefficacité de la molécule de jeunesse et nous travaillons à imposer une baisse du prix du médicament. Avec les labos, c'est la guerre. Quelques vieux comptes à régler.

Je possède des dossiers sur toute la classe politique et les tiens bien en main. La nouvelle génération m'échappera, mais j'aurai accompli mon destin. Nous aurons accompli notre destin, Élisabeth comme moi. Si la presse se mêle de ce qui ne la regarde pas, nous détournons son attention par quelque affaire croustillante sur le passé extrémiste d'un ministre, sur une maîtresse catapultée à un poste extravagant et le profond ressentiment de notre société pour le libertinage des années soixante-dix y trouve son compte.

J'ai revu Mangin. Il croupit dans un commissariat de banlieue. Apparemment il ne trouve pas le pouvoir sexy. Je l'ai convoqué pour une affaire de violence quelconque et il m'a reconnue. Immédiatement. J'étais stupéfaite.

Il m'a dit qu'il avait à peu près tout démêlé de notre histoire ancienne et m'a demandé pourquoi j'avais tué Bourgois. Il ne m'a pas laissée protester.

C'était bon de parler du passé.

Il a voulu savoir quand j'avais commis mon premier meurtre. J'étais étonnée et contente finalement qu'il s'intéresse à moi.

J'ai dû remonter loin pour le décevoir. Avec le fils d'une voisine, un petit de trois ans, on jouait à faire les morts. Il s'est allongé sur un rebord de fenêtre sur cour au rez-de-chaussée, là où les volets étaient toujours fermés. Et je suis partie en douce. On l'a retrouvé étouffé avec le matelas du landau de ma poupée et on n'a jamais su qui était responsable. Pas moi, en tout cas. Ce n'était pas mon premier meurtre, mais mon premier mort.

Le deuxième qui a compté, c'est papa mort dans la baignoire où il dormait à la fin. Il était parti depuis longtemps. Maman était désespérée ce jour-là. C'est la dernière fois qu'elle a été jeune et jolie. Je pleurais aussi, sans comprendre à cause de la panique dans toute la maison, et elle m'a enfermée dans le placard de la cuisine pour ne plus me voir.

J'ai apostrophé Mangin. Vous voilà bien avancé de savoir tout ça !

Il m'a dit qu'il préférait voir le visage de cette petite fille que celui de la tueuse émergeant du lac qui avait tendance à le hanter.

Et là, je suis restée sans voix.

Oh, il s'est expliqué. Il n'est pas du genre à faire durer le suspense pour se faire mousser.

Comme il dit lui-même avec cet art de la litote : un flic reste un flic.

Après l'accident de Guillaume, Mangin a fait du porte-à-porte, enquête de voisinage. Et il y avait une employée de maison dans l'appartement voisin qui épluchait des patates dans la cuisine quand elle a entendu ce drôle de bruit dans le vide-ordures. Voilà. On avale des puces et on est piégé par un stupide vide-ordures. Alors, il est allé fouiller les poubelles, comme il dit, c'est son boulot quotidien de faire les poubelles de la société et il a récupéré la cassette de Bourgois qu'il a visionnée jusqu'au bout. Guillaume s'était bien gardé de me montrer la fin.

La caméra me laisse remonter vers la voiture et glisse en plan continu vers le lac d'où Élisabeth a émergé. Elle me regarde m'éloigner, puis elle remplit ses poches de cailloux et se laisse couler.

Finalement, c'était bien un suicide. Ou un meurtre par ricochet, comme on veut.

Mangin n'a partagé sa découverte avec personne, parce que, d'après lui, la vérité n'intéressait personne.

Il était sûr qu'on se retrouverait et le souhaitait, pour connaître le fin mot de l'histoire.

À cause de Guillaume qu'il n'imaginait pas se jeter par la fenêtre. À cause de Bourgois qu'il n'imaginait pas s'asphyxiant au gaz. Mangin se reprochait de ne pas m'avoir fait suivre. Si je n'étais pas rentrée directement chez moi après la défenestration, c'est que j'avais eu un motif inavouable. Pourtant, le film du détective m'innocentait.

Il s'irritait de rester bête devant tous ces petits détails amusants dont je lui ai livré le secret.

Il m'a donné la cassette. Ne m'a rien demandé en échange.

Je lui ai dit qu'ensemble on ferait quelqu'un de bien. Il m'a jeté un drôle de regard. Je suis sûre qu'il pensait à Élisabeth et moi, à la personne qu'on aurait pu être.

J'ai effacé le film. Sans le visionner à nouveau. Mais j'y pense tout le temps. Élisabeth gagnante aux points, m'échappant pour toujours, déterminant mon destin plutôt que le contraire... À en perdre la boule, croyez-moi.

Me voilà à me demander si la vérité ne sert qu'à gâcher le plaisir et le passé qu'à retarder l'avenir. Mais j'ai terminé mon récit. Il pourra servir un de ces jours. À Mangin ou à un de ses semblables, prisonniers à vie de cet étrange goût de la vérité.

Bon. Je retourne au boulot et il y en a...

Croyez-moi, on paie cher pour l'obtenir mais, à l'arrivée, le pouvoir n'est pas une sinécure.

DU MÊME AUTEUR

Courrier posthume
Régine Deforges

Mort sans lendemain
Ramsay

Comme un coq en plâtre
Baleine

Sueurs chaudes
« La série noire », Gallimard

Cette fille est dangereuse
La Loupiote

Dodo
« La série noire », Gallimard

Secrets de famille
Albin Michel Jeunesse

L'homme qui n'était pas mort
Albin Michel Jeunesse

« SPÉCIAL SUSPENSE »

MATT ALEXANDER
Requiem pour les artistes

STEPHEN AMIDON
Sortie de route

RICHARD BACHMAN
La Peau sur les os
Chantier
Rage
Marche ou crève

CLIVE BARKER
Le Jeu de la Damnation

GILES BLUNT
Le Témoin privilégié

GERALD A. BROWNE
19 Purchase Street
Stone 588
Adieu Sibérie

ROBERT BUCHARD
Parole d'homme
Meurtres à Missoula

JOHN CAMP
Trajectoire de fou

JOHN CASE
Genesis

JEAN-FRANÇOIS COATMEUR
La Nuit rouge
Yesterday
Narcose
La Danse des masques
Des feux sous la cendre
La Porte de l'enfer

CAROLINE B. COONEY
Une femme traquée

HUBERT CORBIN
Week-end sauvage
Nécropsie
Droit de traque

PHILIPPE COUSIN
Le Pacte Pretorius

DEBORAH CROMBIE
Le passé ne meurt jamais
Une affaire très personnelle

JAMES CRUMLEY
La Danse de l'ours

JACK CURTIS
Le Parlement des corbeaux

ROBERT DALEY
La nuit tombe sur Manhattan

GARY DEVON
Désirs inavouables
Nuit de noces

WILLIAM DICKINSON
Des diamants pour Mrs Clark
Mrs Clark et les enfants du diable
De l'autre côté de la nuit

MARJORIE DORNER
Plan fixe

FRÉDÉRIC H. FAJARDIE
Le Loup d'écume

FROMENTAL/LANDON
Le Système de l'homme-mort

STEPHEN GALLAGHER
Mort sur catalogue

CHRISTIAN GERNIGON
La Queue du Scorpion
(Grand Prix de
littérature policière 1985)
Le Sommeil de l'ours
Berlinstrasse
Les yeux du soupçon

JOHN GILSTRAP
Nathan

JEAN-CHRISTOPHE GRANGÉ
Le Vol des cigognes
Les Rivières pourpres
(Prix RTL-LIRE 1998)
Le Concile de pierre

JAMES W. HALL
En plein jour
Bleu Floride
Marée rouge
Court-circuit

JEAN-CLAUDE HÉBERLÉ
La Deuxième Vie de Ray Sullivan

CARL HIAASEN
Cousu main

JACK HIGGINS
Confessionnal

MARY HIGGINS CLARK
La Nuit du Renard
(Grand Prix de
littérature policière 1980)
La Clinique du Docteur H.
Un cri dans la nuit
La Maison du guet
Le Démon du passé
Ne pleure pas, ma belle
Dors ma jolie
Le Fantôme de Lady Margaret
Recherche jeune femme aimant danser
Nous n'irons plus au bois
Un jour tu verras...
Souviens-toi
Ce que vivent les roses
La Maison du clair de lune
Ni vue ni connue
Tu m'appartiens
Et nous nous reverrons...
Avant de te dire adieu
Dans la rue où vit celle que j'aime

CHUCK HOGAN
Face à face

KAY HOOPER
Ombres volées

PHILIPPE HUET
La Nuit des docks

GWEN HUNTER
La Malédiction des bayous

PETER JAMES
Vérité

TOM KAKONIS
Chicane au Michigan
Double Mise

MICHAEL KIMBALL
Un cercueil pour les Caïmans

LAURIE R. KING
Un talent mortel

STEPHEN KING
Cujo
Charlie

JOSEPH KLEMPNER
Le Grand Chelem
Un hiver à Flat Lake

DEAN R. KOONTZ
Chasse à mort
Les Étrangers

PATRICIA MACDONALD
Un étranger dans la maison
Petite Sœur
Sans retour
La Double Mort de Linda
Une femme sous surveillance
Expiation
Personnes disparues
Dernier Refuge

PHILLIP M. MARGOLIN
La Rose noire
Les Heures noires
Le Dernier Homme innocent
Justice barbare

DAVID MARTIN
Un si beau mensonge

LAURENCE ORIOL (NOËLLE LORIOT)
Le tueur est parmi nous
Le Domaine du Prince
L'Inculpé
Prière d'insérer

ALAIN PARIS
Impact
Opération Gomorrhe

RICHARD NORTH PATTERSON
Projection privée

THOMAS PERRY
Une fille de rêve
Chien qui dort

STEPHEN PETERS
Central Park

JOHN PHILPIN/PATRICIA SIERRA
Plumes de sang
Tunnel de nuit

NICHOLAS PROFFITT
L'Exécuteur du Mékong

PETER ROBINSON
Qui sème la violence...
Saison sèche
Froid comme la tombe

FRANCIS RYCK
Le Nuage et la Foudre
Le Piège

RYCK EDO
Mauvais sort

LEONARD SANDERS
Dans la vallée des ombres

TOM SAVAGE
Le Meurtre de la Saint-Valentin

JOYCE ANNE SCHNEIDER
Baignade interdite

JENNY SILER
Argent facile

BROOKS STANWOOD
Jogging

WHITLEY STRIEBER
Billy
Feu d'enfer

MAUD TABACHNIK
Le Cinquième Jour
Mauvais Frère

THE ADAMS ROUND TABLE PRÉSENTE
Meurtres en cavale

La composition de cet ouvrage
*a été réalisée par l'***Imprimerie Bussière***,*
l'impression et le brochage ont été effectués
sur presse Cameron
dans les ateliers de **Bussière Camedan Imprimeries**
à Saint-Amand-Montrond (Cher),
pour le compte des Éditions Albin Michel.

Achevé d'imprimer en mars 2002.
N° d'édition : 20495. N° d'impression : 20412-020346/4.
Dépôt légal : avril 2002.